윤채원의 토닥토닥 두 번째 이야기

마음을 탐하다

윤채원의 토닥토닥
두 번째 이야기

마음을 탐하다

도화

윤채원의 토닥토닥
두 번째 이야기

마음을 탐하다

초판 1쇄발행 2017년 4월 10일
초판 2쇄발행 2017년 12월 7일

저   자 윤채원
발행인 박지연
발행처 도서출판 도화
등   록 2013년 11월 19일 제2013−000124호

주   소 서울시 송파구 중대로34길 9−3
전   화 02) 3012−1030
팩   스 02) 3012−1031
전자우편 dohwa1030@daum.net
인   쇄 (주) 현문

ISBN ㅣ 979−11−86644−29−4*03810
정가 12,000원

도화道化, fool는
고정적인 질서에 대한 익살맞은 비판자,
고정화된 사고의 틀을 해체한다는 뜻입니다.

마음 따듯한 한 사람을 알고 있다. 어느 새인가 그가 나의 이웃이 되었다.

울림이 있는 글로 이웃과 따스함을 나누며 살고 싶다는 윤 작가는 가끔 나와 만나 향 좋은 커피를 나누며 시를 논하는 시간을 가져 왔다. 그리고 월요일 아침이면 어김없이 메일로 보내주는 글 한 편을 읽으며 마음을 다스리는 게 나의 일과처럼 되었다. 자신을 드러내는 것이 익숙하지 않은 윤 작가가 이번에 두 번째 수필집을 출간한다고 하니 반가운 마음이 앞선다.

그동안 사람과 사물에 대한 각별한 애정과 관심을 가지고 글을 쓰는 윤 작가의 모습을 가까이서 보아 오면서 나는 갈수록 황폐해 가는 나의 마음 모서리를 누그러뜨렸다.

따듯한 마음이 스며있는 품위 있는 이 수필집이 더 많은 이웃들에게 읽히기를 기대하며 몇 마디 축하의 말을 적는다. 그의 글로 세상이 한결 밝아지리라.

정희성

책을 펴내며

겨울 안에서 순한 봄기운이 느껴집니다.

마음마저 순해져 창밖으로 지나치는 낯선 사람들을 다정한 눈으로 오랫동안 바라봅니다. 길 건너편으로 나뭇가지가 희미하게 움직이는 것은 바람 때문이 아니라 어쩌면 내 마음이 흔들리는 중인지도 모르겠습니다.

차가운 도시의 이방인으로 살고 싶지 않아서 한동안 광장으로 잦은 외출을 했고 그곳에서 오래간만에 생생하게 살아있음을 확인하며 출렁거렸습니다. 팍팍한 일상이 길어질수록 단어와 문장에 집착하며 내 안에 칩거 중인 감성의 불씨를 지키려는 파닥거림을 멈추지 않았습니다.

선한 인연들과 마음을 나누며 끄적거리던 조각들을 끌어모아 하나의 작품으로 만드는 일이 부끄러움을 동반했지만 행복했습니다. 4년 전 엉겁결에 내놓았던 첫 번째 수필집 『토닥토닥』은 자주 흔들리며 살아가는 일상에 이정표가 되어 주었고, 두 번째 작품집을 준비하는 데 용기를 주었습니다.

삶이란 존재하다 점차 소멸해가는 과정을 의미합니다. 그렇게 서서히 사라지는 것 중에 놓쳐서는 안 될 소중한 마음을 기록하고 싶어 용기를 내었습니다. 이번 작품집을 통해 다정한 이웃들이 주인공으로 등장하는 반가움을 만날 수 있기를 기대합니다. 혹여 책을 읽다가 마치 자신의 이야기 같다는 생각이 든다면 그것은 당신의 이야기가 분명합니다. 우리는 늘 미세한 울림으로 연결되어 있으니까요.

관계가 힘들 땐 누군가는 사랑을 선택하라고 했지요. 그것이 쉬운 일이 아니지만 그렇게 하는 게 옳다는 믿음으로 다시 시작합니다. 사랑의 본질은 지속성에 있다고 믿으니까요.

같은 꿈을 꾸며 살아가는 다정한 인연들과 생기를 주고받으며 동행하고 있으니 행복합니다. 그리고 서로의 눈물을 외면하지 않았던 고운 인연들께도 감사의 인사를 전합니다. 바람이 있다면 고단한 우리의 인생길에서 이 책이 작게나마 힘이 되고 위안이 되었으면 좋겠습니다.

밝은 햇살 아래로 바람이 지나가는 소리를 듣습니다.

그렇게 다시 봄이 가까워지고 있습니다.

2017년 다시 봄을 기다리며.

윤채원

차례

축하의 글 _ 정희성
책을 펴내며

1부 바람이 분다

추억을 부르는 골목 _ 14   산길을 걸으며 _ 18

바람이 분다 _ 21   해바라기 _ 25

비 오는 날의 창경궁 _ 29   꽃송이들 _ 33

꽃나무 _ 36   나무를 심는 일 _ 38

바다가 그리운 날 _ 43   7월에는 _ 45

불안한 매미처럼 _ 47   8월에게 _ 50

마을 걷기 _ 52   예민한 가을날에 _ 55

가난한 11월 _ 58   마을을 탐探하다 _ 60

원당 샘 공원 _ 63   붕붕 도서관 _ 66

방학천 등燈 축제 _ 69

2부 마음 다스리기

정화淨化하는 일 _ 74   마음 다스리기 _ 78

그리움 _ 82   편지의 힘 _ 85

밥으로 사는 일 _ 89   착한 에너지 찾기 _ 92

음악의 힘 _ 95

살라, 오늘이 마지막인 것처럼 _ 98

마음에 저금하기 _ 100   감사함을 담은 시선 _ 103

소유와 존재 _ 106   우리에게 필요한 용기 _ 109

그녀의 첫 경험 _ 112

누군가의 그늘이 될 수 있다면 _ 117

소소한 행복 _ 120   운명의 바람 _ 122

ARE YOU OK? _ 125   대박의 의미 _ 128

삼일절 아침 _ 131   경고장 _ 134

내안의 적 _ 137   말랑말랑한 힘 _ 139

여백의 미 _ 142

3부 아름다운 인연

그 사람 _ 146   그리운 사람 _ 149

향기가 있는 사람 _ 152   따뜻한 사람 _ 157

가족으로 사는 일 _ 160   행복한 동행 _ 164

인간의 유형 _ 167   도전하는 그녀처럼 _ 169

광수 생각 _ 172   조르바와 마주하다 _ 175

장자에 집중하기 _ 177   가족 _ 180

아버지의 시 _ 183   선한 사람들 _ 186

MK씨께 _ 189   K 선생님에게 _ 192

더불어 숲 _ 195   이중섭의 편지 _ 197

박희진 시인 _ 200   신현득 아동문학가 _ 204

이생진 시인 _ 207   김예나 소설가 _ 210

북극성 같은 사람 _ 213

1부

바람이 분다

추억을 부르는 골목

마음에 얼룩이 생기는 날이면 일상에서 벗어나 자기를 정
화하고 싶은 순간이 생기는데 그런 날이면 혼자서 찾아가는
피난처가 있다. 날마다 달라지는 풍경을 보고 싶다면 한 번
다녀오라는 친구의 이야기를 듣고 어느 늦여름의 오후에 그
곳을 찾았다. 어둠이 막 내려앉기 시작해 안온함이 안개처럼
걸쳐있었다. 이 작은 마을에 들어서자 눈길을 사로잡은 것은
좁은 골목길이었다. 변두리의 따스한 정취가 묻어나는 그 골
목에는 수명을 다한 연탄재들이 반갑고, 골목 끝쯤에서는 어
린 친구들의 재잘거리는 소리가 들려오는 듯했다. 그런 날에
는 바람에도 온기가 묻어나 그리움이 모락모락 피어오른다.
담벼락 끝에 매달린 담쟁이들이 마을 풍경을 더했고, 즐비하

게 심어 놓은 반가운 해바라기를 바라보니 저절로 미소가 떠올랐다.

어린 시절 우리들의 아지트는 큰길에서 쑥 들어가 집과 집 사이로 나 있는 좁은 골목길이었다. 학교 수업이 끝나면 제각기 그곳에서 재잘거리며 하루해가 짧도록 뛰어다녔다. 지친 기색도 없이 노는 재미에 빠졌던 우리는 어둠이 내리기 시작해서야 끌려가듯 각자의 집으로 돌아갔다. 그렇게 골목길에서 유년의 추억을 쌓으며 조금씩 성장해갔다.

산 아래 바짝 내려앉은 고향 마을과 흡사한 무수골에 들어서면 골목길이 여러 개 있고 좁은 길마다 이야기를 품고 있는 듯 다정하다. 그 골목에 발견한 애기똥풀, 닭의장풀, 벌개미취, 해바라기, 코스모스 등이 정겨움을 더하고 초록도 지천이라 마음이 편안해진다.

내가 사는 도봉구에는 이곳 말고도 유년의 추억을 상기시키는 골목길이 하나 더 있다. 바로 꽃동네로 불리며 높은 언덕에 비스듬히 서 있는 작은 동네다. 담장 밖으로 피어오른 능소화가 방문객들을 반기는 그곳에 서면 마치 시간을 거슬러 과거로 여행을 떠나온 듯하다. 사진 출사를 계기로 몇 번 다녀오면서 그 골목 풍경에 흠뻑 빠져 버렸다. 언덕에서 바라보는 아랫마을의 풍경도 근사하고 꽃동네라는 이름처럼

15

담장마다 피어오른 다양한 꽃들로 골목이 안온하다. 이곳은 이미 동호회 회원들의 스케치 장소나 사진 출사 장소로 사랑받고 있다.

골목 담장 위에 올려진 앙증맞은 화분에서는 주인의 섬세함을 만날 수 있다. 조금은 촌스럽게 그려진 벽화조차 마을에 볼거리를 제공해주는 쌍문동 골목이 마음에 든다. 골목 어귀에 들어서면 양지바른 곳에 앉아 무료함을 견디던 어르신들이 반가움으로 들려주시는 꽃동네 유래는 마치 할머니 무릎을 베고 듣던 옛날이야기 같아서 정겹다. 그래서 풍경에 동화되고 싶은 날에는 고향을 찾는 마음으로 자주 꽃동네 골목을 어슬렁거린다.

인위적인 것들을 버리고 자연으로 돌아가라는 노자의 말이 아니더라도 우리는 삶을 따스하게 감싸 안아줄 자연에 다시 시선을 두어야 한다. 발 빠르게 변하는 시류에 우리는 골목뿐만 아니라 지켜야 할 소중한 것들을 스스럼없이 내어주거나 잃어가고 있다.

세상과 나 사이에 문득 거리감이 느껴지거나 매일 마주하던 사람들이 낯설게 생각된다면 작은 골목길을 찾아가 잠시 담벼락에 기대어 보자. 그렇게 서서 숲 너머로 보이는 어스름 달빛에 눈길 건네다 보면 온기가 스며들고 차츰 감성으로 정화되는 것을 느낄 수 있다. 잠시 하던 일을 멈추고 자신을 되돌아보는 일은 우리에게 꼭 필요한 휴식의 시간이다. 그 쉼은 이기심이 만연한 도시에서 버겁게 살아내는 현대인들을 지탱해주는 값진 에너지이다.

산길을 걸으며

산길을 걷다 보면 자신도 모르는 사이에 무수한 상념 속으로 빠져들게 된다. 신선하게 느껴지는 공기와 풍경 안으로 들어서면 겸손해진다. 일상에서 중요하게 여겨지던 삶의 무게들도 이곳에선 가벼운 존재로 느껴진다. 나뭇가지 사이로 잘게 부서지는 햇살을 통해 나뭇잎들의 미세한 떨림까지도 관찰할 수 있어 좋다.

처음 산행을 시작하였을 땐 지친 숨을 고르느라 주위 풍경을 돌아볼 여유가 없었다. 시간이 지날수록 하늘도, 나무도, 바람도 서서히 눈에 들어오게 되었다. 이제 겨우 그들에게 친근하게 말 걸고 귀 기울이며 자신을 돌아보는 여유가 생겼다. 잠시 생각을 접어두고 땀도 식힐 겸해서 전망 좋은 바위에 걸터앉아 스치는 바람에 몸을 맡겨본다.

고향의 낮은 산에도 소박한 오솔길이 있었다. 자그마한 산 하나를 사이에 두고 내가 다니던 초등학교가 있었다. 많은 아이가 넓은 신작로를 따라 등교했지만 몇몇은 여전히 좁고 험한 지름길을 택했다. 자그마한 고개로 시작되어 이름 없는 묘지를 서너 개쯤 지나면 다시 언덕이 나타나고, 한참을 걷다 보면 구불구불 나 있는 마지막 고개를 만나게 된다. 고개를 올라 뒤돌아서면 아랫마을 풍경이 한눈에 들어온다. 그 고갯마루는 누구나 쉬어가는 쉼터이기도 했다.

넓은 신작로가 생기기 전에는 마을 사람 모두가 다니던 길이었지만 언제부턴가 어른들은 이곳으로 다니는 것을 말리셨다. 비가 내리면 황토물이 흘러내려 길은 바닥을 드러내 보기 흉했고 음산한 기운이 일기도 해서 누구도 혼자서는 그 길로 다니려 하지 않았다.

고향을 떠난 지 오랜 시간이 지난 어느 날인가 홀로 그 길을 지나갈 일이 있었다. 생각보다 좁은 오솔길이었고 여전히 사람이 다닌 흔적은 있었지만 혼자라서 그런지 편치 않았다. 어릴 적처럼 고갯마루에 서서 내려다보니 눈 앞에 펼쳐진 풍경은 이미 내 기억 속의 마을 모습이랑 많이 달라져 낯설고 섭섭하기까지 했다.

예전 오가던 고향의 산길은 좁고 험해서 서로에게 힘이 되어주는 따뜻한 것으로 생각했었는데, 지금 지나쳐온 길은 제법 예쁘고 편안하지만 외로운 인생길을 닮은 것 같아 숙연해진다. 그만큼 시간이 흘러버린 탓일까.

많은 사람의 발자취로 인해 적당히 길이 되어 버린 오솔길을 따라 한참을 걸으면 이따금 두세 갈래로 갈라진 길목과 마주치게 된다. 그곳은 길의 끝이기도 하거니와 새로운 출발선이기도 하다. 이쯤 되면 나도 옛 시인처럼 갈라진 길목에 서서 가지 않은 길에 대해 머뭇거려 본다. 사실 사람들의 흔적이 적은 길을 선택하는 데는 용기가 필요하다. 많은 사람이 스쳐 가며 조언하지만 인생길은 결국 혼자 답을 찾으며 걷는 외로운 길이다. 잘 다듬어져 익숙해진 길이나 발자취가 적어 거친 길이라도 걸어야 한다. 우리 앞에 펼쳐진 인생길에서 중요한 것은 어떤 가치관을 가지고 걷는가 하는 문제이다.

산속에 들어가 보면 새로운 기운을 얻을 수 있다. 빠른 변화에 익숙한 우리들에게 나무는 지조 있게 그 자리를 지켜주는 것만으로도 힘이 된다. 산길을 걷다 보면 어느 순간 자기 성찰로 새롭게 정화된 자신과 마주하게 된다. 그래서 난 산길을 좋아한다.

바람이 분다

여름 햇살을 고스란히 받아들여 초록 향이 진하게 배어나던 숲속에선 신선한 바람이 불어와 나뭇잎과 서툴게 부딪치며 가을이 익어가는 소리를 내고 있다. 초가을이라는 아름다운 계절이 주는 설렘을 매정하게 외면할 수 없어 하릴없이 하늘을 올려다보는 일이 잦아지는 요즘이다. 근래의 하늘은 유난히 맑고 푸르러 바라보는 것만으로도 충분히 행복하다

사람마다 자기의 감정을 드러내는 방법이 있는데 나의 경우는 글로 감정을 표현하는 편이다. 글을 쓴다는 것은 자기 안의 부재와 결핍에서 쏟아지는 삶의 또 다른 여백이다. 가득하게 쌓인 다양한 감정들을 고스란히 드러냄으로써 우리의 내면은 더 깊어지고 정서적으로 성숙할 뿐 아니라 상처까

지도 치유될 수 있다고 믿는다. 그래서 나는 순간의 감정을 적어 둔 작은 메모지들을 소중히 아끼는 편이다. 능력이 된다면 울림이 있는 글로 자기 성찰뿐 아니라 상대의 내면에 훈기를 불어넣으며 살고 싶다.

이미 지나간 일이 되어버렸지만 내게도 마음으로 좋아하는 사람이 있었다. 우연한 기회로 알게 된 그와는 한동안 따뜻한 감정을 공유하며 지내왔다. 그에게선 왠지 아날로그가 주는 편안함이 묻어났었는데 "우리 친구 할래요?" 나의 제안에 그는 수줍게 웃었고 우리의 인연은 시작되었다. 마음이 쓸쓸해지는 날 이따금 만나 차 한 잔에 소소한 일상을 내비치는 것이 고작이지만 첫 연애를 시작하던 오래전처럼 설렜다. 사람의 됨됨이가 가볍지 않고 속이 깊은 그는 듬쑥한 사람이었다. 세련된 여러 말보다 침묵에 큰 힘이 실려 있다는 것을 알고 있는 그는 조잘조잘 말하기보다 듣는 일에 더 집중하는 사람이었다. 돌이켜보니 그에겐 상대를 자연스럽게 끌어당겨 집중시키는 능력이 있었던 것 같다. 섬세한 성격의 그는 추상적인 언어에 온기를 담아 향기 있는 글을 쓰고 싶어 했던 나의 고민을 눈치채고 토닥거림을 쉬지 않았었다.

식물은 적당한 물과 햇볕을 주고 따뜻한 마음으로 믿어주면 어느새 푸른 잎사귀로 자신의 존재를 알리고 꽃과 열매로 기쁨을 전달해준다. 우리 인간의 관계도 그와 비슷하다. 그래서 나에게 다가서는 인연들에게 진심으로 대했고 상대도 나와 같은 마음이라는 것을 의심하지 않았다.

첫 느낌을 중요하게 여기는 지금도 여러 인연의 끈을 쉽게 내려놓지 못한 채 끌끌한 관계를 유지하려고 늘 동동거리는 편이다. 그럼에도 불구하고 그와의 관계는 오래가지 못했다. 마음 맞는 친구로 한동안 행복했기에 돌연한 그의 잠수가 이해되지 않아 혼란스러웠다. 그리 긴 시간은 아니었지만 조심스레 마음을 내보이며 오랜 친구로 머물고 싶다던 그와 나 사이에 신뢰의 크기가 달랐던 것일까. 그와 관계가 단절된 후 한동안 서운함과 상실감이 주는 혼란에 잠시 휘청거렸지만 섭섭한 감정을 오래 두지 않으려고 애썼다. 우리의 기억은 사실 뿐만 아니라 그 순간에 우리 안으로 파고들었던 느낌을 기억하는 것이라고 생각한다. 그 후로도 가끔씩 내 안으로 추억의 바람이 불어 들었다. 다양한 기억의 바람이 불어와 날 흔들고 갈 때는 쓰러지지 않으려 필사적으로 맞서지 않고 그 바람 속으로 파고들어 같은 방향으로 흔들리는 방법을 선택했다. 일부러 우리 안의 무의식을 통제해 따분하고 건조한 일상을 사는 것은 슬픈 일이다. 그러기보다는 부족하고 연약한 자기 앞의 현실을 먼저 인정하고 자연스럽게 동화되어 살

고 싶다. 저 멀리서 바람이 불어온다. 새로운 변화를 꿈꾸는
강한 바람이.

해 바 라 기

"이것 좀 봐라, 내가 심었다" 아버지의 말씀에 고개를 돌려 보니 해바라기 한 송이가 담벼락에 기댄 채 위태롭게 서 있었다. 비쩍 말라 물기를 잃고 고개를 숙인 해바라기 모습에서 잠깐 아버지가 투영되어 가슴 한쪽이 찌릿하며 현기증이 났다. 그 순간 애잔해지는 마음이 표정으로 드러날까 봐 얼른 카메라를 집어 들어 해바라기를 담았다.

어린 시절 내가 살던 마을은 풍경이 근사하고 아담한 동네였다. 집집이 마당 끝에 자리한 화단의 울타리로 해바라기 몇 송이쯤은 다 심어져 있었다. 여름을 지나 가을로 접어들면 우리들의 주전부리가 되어 줄 해바라기가 꽃잎을 떨어뜨리고 씨가 까맣게 익어져 가는 것을 바라보는 재미가 쏠쏠했다.

지금은 물기를 잃어 유약해진 아버지도 젊은 날에는 푸른 산처럼 높고 듬직한 남자였다. 자존심과 체면을 목숨처럼 여겼고 어려운 환경에 처한 사람들을 배려하는 따뜻한 사람이었다. 그 시절의 아버지는 동네 사람들이 조금 더 편리하게 살 수 있도록 마을 일에 동분서주하느라 집안일은 신경 쓸 여력이 없어 가족들의 원성을 듣는 일이 잦았다.

군청이나 면사무소를 드나드시며 애를 쓴 덕분에 경운기도 다니기 힘든 울퉁불퉁한 좁은 길은 널찍한 신작로가 되었다. 밤이면 희미한 호롱 불빛만 의지하던 컴컴한 마을에 전기를 끌어와 동네를 밝힌 것도 아버지의 수고가 컸다. 하루에 몇 차례 운행되지 않았지만, 버스를 마을까지 들어오게 해 읍내 출입이 불편하던 동네 사람들에게 큰 도움을 주었다. 그 당시에는 어린 마음에 집안일보다는 항상 마을 일이 우선인 아버지를 이해하기 어려워 섭섭함이 컸다. 친구들은 그런 아버지를 둔 나를 부러워했고 마을 사람들도 아버지를 많이 의지하고 살았다. 집집마다 다양한 꽃들로 가득했던 화단의 경계로 피어오른 해바라기처럼 당시 아버지는 마을의 큰 울타리 역할을 충분히 하고 있었다.

마을 사람들의 신뢰 속에서 당당하지만 겸손함을 잃지 않왔던 든든한 아버지가 세월이 주는 고단함을 비껴가지 못하고 팔순을 바라보는 촌로의 모습으로 변하신 게 어색하다.

젊은 날에는 농사에 눈길 줄 시간도 없이 분주했던 아버지가 이제는 잡초에 가까운 들꽃들로 가득 채운 베란다에 집착한다. 빈틈없고 대쪽 같은 성격으로 항상 체면이 우선이더니 이제는 엉성하고 서툴게 쓴 붓글씨를 표구해놓고 노골적으로 칭찬의 말을 기다리는 눈치다. 얼마 전부터 지역 문화원의 글쓰기 교실에 등록해 살아온 이야기를 빠짐없이 거친 글로 써두었다가 어쩌다 내가 친정에 내려가면 긴장된 표정으로 반응을 살핀다.

명료하고 해박하셔서 마을 사람들의 멘토가 되었던 아버지가 요즘은 당혹스러울 만큼 작아져서 마음이 아리다. 우리 남매들도 각자의 생활로 분주해서 아버지가 유약해지는 과정을 살피지 못했고, 기력이 떨어졌다는 이야기를 귓등으로 들었던 지난 시간들이 미안해졌다. 그래서 담벼락에 겨우 기대 선 키 작은 그 해바라기를 본 순간 외로워 보이는 낯선 아버지가 오버랩되었는지도 모르겠다.

시나브로 해바라기가 우리 시야에서 사라진 지 오래되었지만 왜 사라졌는지 궁금해하지 않고도 별일 없이 살아온 날들이었다. 약해져 가는 아버지의 모습을 진지하게 바라보지

못한 것처럼 말이다. 아버지와 해바라기가 겹쳐 보인 이유를
이제야 조금 알 것 같다. 한여름 뙤약볕을 견디며 단단하게
씨앗을 지키는 해바라기처럼 세월이 흘러도 아버지가 당당
함을 잃지 않기를 바란다면 나의 욕심일까. 이제부터 마주치
게 될 해바라기는 식물이라는 본질을 넘어 조금 진지한 의미
로 내게 다가올 것이다.

비 오는 날의 창경궁

계절의 변화를 재촉하는 빗줄기가 거리를 적신다. 빗줄기는 누구 하나 눈빛 건네지 않는 무관심 속에서도 외로운 몸짓을 반복하고 있다. 가늘게 사각거리는 것이 여간 조심스러운 게 아니다. 비는 이따금 은밀한 유혹을 한다. 내면을 미혹시켜 신경을 분산시키고 집 밖으로의 탈출을 감행하게 한다. 그날도 비가 내렸고 습한 기운을 이겨내지 못한 나는 시내로 향하는 버스에 올라섰다. 도심 속에 자리 잡은 고궁 산책은 청명한 날보다는 회색빛 하늘일 때 고즈넉함을 깊게 안을 수 있어 좋다.

창경궁은 조선 성종이 선왕의 여러 왕비를 모시기 위해 태공이 거처하던 수강 궁터에 1488년(성종15)에 지은 것으로 사적 제123호이다. 포근함이 묻어나 간혹 찾게 되는 이곳은 몇 차례 화재와 복구의 반복으로 그 시대만큼이나 큰 상처를 안고 있다.

정문인 홍화문에 들어서면 연녹색 옷을 입은 정원수들이 상쾌한 기운을 담고 바짝 달려든다. 고궁과 자연이 조화를 이루어 '도심 속의 휴식 공간'으로 충분한 매력이 있다. 넓은 공간에 드문드문 위치한 전각들의 배치로 한적함이 살아 있고, 몇 무리의 관광객들이 우산을 받쳐 들고 담소를 나누는 모습조차 평화로워 보인다.

정감 있게 가꾸어진 뜰을 지나 작은 숲으로 난 오솔길을 걷다 보면 담장 밖으로 들려오던 소음은 사라지고 평온함만 남게 된다. 이런 고요함 때문에 비 오는 날 창경궁이 전하는 유혹을 매번 물리치지 못하는가 보다. 옛날 활을 쏘고 과거를 치르기도 한 춘당대 앞에 위치해 춘당지라 불리는 고풍스러운 연못 앞에 서 보았다. 가늘게 내리는 비에도 아랑곳하지 않고 어미 오리를 따라 노닐고 있는 새끼 오리들의 모습이 한가롭고 애틋하다. 수면 위로 빗줄기가 잔잔한 파문을 일으킨다.

고려 말 충신 정몽주는 「봄비」라는 한시를 통해 '봄비는 가늘어서 방울도 짓지 못한다'고 하였지만 지금 내리는 비는 수면 위로 커다란 방울을 그려내고 있다. 피부에 부딪혀 오는 빗줄기가 새삼 따뜻하게 느껴진다.

궁궐이란 왕조 국가의 절대 권력자인 임금이 나라를 다스리거나 일상적인 생활을 하는 공간이다. 조선시대 궁이었던 이곳에, 일본은 동물원과 식물원을 만들어 일반인들에게 공개하고 창경원이라 불러 품격을 떨어뜨렸다. 우리 땅을 강탈한 채 민족정신마저 없애려 한 것이다.

창경궁은 임진왜란, 이괄의 난, 잦은 화재 등으로 다른 궁궐보다 많은 아픔을 간직하고 있는 역사의 현장이다. 1983년 12월, 3년간에 걸쳐 복원한 끝에 옛 궁궐의 모습을 되찾게 되었다.

역사와 자연이 공존하는 이곳에서 문득 계절의 변화가 느껴졌다. 계절이 바뀌면 세상의 빛깔 또한 바뀌게 된다. 긴 세월 끝에 천하를 호령하던 비밀스러운 궁궐도 이젠 누구나 왕래할 수 있는 휴식공간으로 사랑받고 있다.

이 비가 그치고 나면 그 많던 꽃잎은 사라지고 또 다른 계절이 발 빠르게 다가올 것이다. 한가로운 산책을 끝내고 홍화문을 나서니 그곳엔 또다시 소음과 분주함이 공존하고 있다. 눈앞으로 흩어지는 빗줄기가 내 가슴속에서도 시원하게 부딪쳐 온다. 비가 내미는 은밀한 유혹에 어쩌지 못한 내가 싫지 않다. 지금도 계절이 바뀌는 소리가 귓전에 들려온다.

꽃송이들

아무 곳에서나 분별없이 슬픔이나 분노를 드러내는 것은 부끄러운 일이지만 요즘은 누구라도 평정을 찾기 힘든 시간의 연속이다.

아리스토텔레스는 "분노는 종종 도덕과 용기의 무기"라고 말했다. 잘못된 것을 보고 분노한다는 것은 정의가 살아있다는 증거라고 생각한다. 인간의 습관적인 생각을 에토스라고 하는데 한동안 우리는 습관적으로 세월호 사건이나 팽목항에서 별이 된 아이들을 생각하는 것으로 하루를 시작하고 마감하던 시기가 있었다.

마음의 밀도가 가장 높게 차오르는 감정 중에는 서럽게 느껴지는 마음인 설움이 있다. 2014년 4월 16일 세월호 사건은

대다수의 국민을 무기력하게 만들었다. 그 사건은 생각하는 것조차 엄청난 두려움이고 설움 섞인 분노였다. 부실한 국가의 총체적 난국이 여실히 드러난 현실 앞에서 애써 감정을 절제하려 노력했지만, 허탈의 늪에 빠져 누구도 일상에 몰입할 수 없었다. 우리는 보석 같은 아이들뿐 아니라 이 나라의 희망까지 수장시켜 버리고 말았다. 도저히 이해할 수 없는 현실이 우리 곁에 바짝 들러붙어 좌절하게 만들었다. 그런데도 불구하고 애써 절제했던 슬프고 아픈 마음을 여기에 내려놓으며 가족을 잃은 많은 분에게 위로의 마음을 전한다.

꽃송이들

윤채원

꽃비 내리는 봄날
안개를 앞에 두고 바다 위를 전진하던
육중한 들것 안에서
꿈으로 피어오르던 수많은 꽃송이들이
일순간 침잠되어 버렸다.
누군가의 보석들로 살면서
재잘거리던 그들의 대화는 끊어지고
얼굴마저 희미해지기 시작하자

표정을 감춘 무심無心한 자들은
바쁘게 제 몸을 피하고
천지를 흔드는 통곡 소리는 차가운 바다를 울리며
가라앉은 꿈 조각들을 찾아 헤매지만
정작 분주해야 할 그들이 관습을 껴안고
비굴한 눈동자를 굴리는 사이
굳어버린 심장을 부여잡은 빈껍데기들은
온기를 잃어버린 아이에게 서러운 입맞춤을 하거나
흔적 없이 사라져간 여린 잎새들을 다시 품어보기 위해
검은 바다만 노려보고 있다.
아이야, 더는 차갑지 않게 반짝이는 별로 태어나거라
아이야, 어떤 풍파에도 요동함이 없는 섬으로 태어나거라

꽃나무

꽃나무라고 늘 꽃 달고 있는 건 아니다
삼백 예순닷새 중
 꽃 피우고 있는 날보다
빈 가지로 있는 날이 훨씬 더 많다
행운목처럼 한 생에 겨우 몇 번
꽃을 피우는 것들도 있다

　　　　　　　　　 ─도종환, '꽃나무'의 부분

오래도록 공감이 가는 시 구절이다. 꽃나무라고 해서 늘
꽃을 피우는 게 아니다.

그런데도 우리는 꽃이 환하게 피어있을 때만 꽃나무에 집
중하고 예뻐한다. 그 어여쁜 꽃을 피우기 위해서 많은 날을

안으로 애쓰는 수고로움을 보지 못한 채 보이는 꽃송이에만 집중하기 때문이다.

우리는 생의 대부분을 안락함과 평안보다는 불안과 불만 속에 살아가고 있다. 그것은 인간의 탐심에서 기인한 것이고, 앞으로 펼쳐질 일들을 예측할 수 없는 불안이 가중되어 밀려들기 때문이다.

삶의 여정이 언제나 질서정연하다면 우리는 불안해하거나 두려워할 이유가 없다. 하지만 한 치 앞을 모르며 살아가는 나약한 존재이기에 이유 모를 불안을 안고 살아가는 것이다.

다른 사람이 가꾸는 나무에 꽃이 피는 것을 보며 머지않아 나의 나무에도 꽃이 필 것이라는 기대가 바로 희망이다. 자신이 만약 예쁜 꽃으로 사람들의 관심을 받고 있는 꽃나무라면 교만이 찾아들지 않도록 조심해야 한다. 또한, 꽃을 피우지 못해 다른 이들의 시선을 받지 못하는 마른 꽃나무를 보며 언젠가는 나에게도 그런 시기가 찾아든다는 것을 인정해야 한다. 서로의 부족함을 받아들이며 어깨를 기대고 사는 것이 인생이다. 우리는 홀로 살 수 없는 존재들이니 이기심을 버리고 주변의 사람들에게 곁을 내어주며 함께 살아가야 한다. 그런 생각으로 살고 있지만 가끔은 내게 어깨를 내어 줄 꽃나무가 어디쯤 머물고 있는지 궁금하다.

나무를 심는 일

아직 밝혀지지 않았거나, 혹은 공개되지 않은 사실을 우리는 '비밀'이라고 한다. 누군가에게 터놓고 이야기할 수 있는 것은 이미 비밀이 아니다.

아주 오래전에 나무 한 그루를 심었다. 다른 사람 눈에는 보이지 않아야겠기에 산비탈이 아닌 내면의 심연 속에 나무를 심었던 것이 벌써 삼십 년이 더 지난 일이 되어버렸다.

첫사랑이 없는 자는 구원받지 못한다는 어느 시인의 말처럼 당시 내 가슴에 심은 나무는 순수라는 열매가 열리는 첫사랑의 나무이다. 사랑이라고 말할 수도 없는 지극히 일방적인 감정이었지만 당시 내게는 버거움이 가득한 해바라기 연가였다.

여고 입학식에서 처음 본 선생님의 모습에 사춘기 소녀의 순수한 설렘이 시작되었다. 학창 시절 3년 동안 시선은 온통 한 곳으로만 머물렀고 그때부터 내 안에 나무 한 그루 심게 된 것이다. 그렇게 심은 나무 덕분에 쉽게 흔들릴 수 있는 사춘기 시절에도 한 곳만 바라보고 학교생활에 집중할 수 있었다. 선생님을 향한 소중한 마음을 표현할 방법은 분필을 색종이로 예쁘게 포장하거나 이른 아침 몰래 교무실에 들어가 책상에 들꽃을 꽂아 두는 일, 그리고 그 선생님 과목에 집중하는 일이 전부였다.

그 시절은 지금처럼 학생들의 마음을 분산시키는 매체가 다양하지 않아서 여고생의 시선을 잡는 일은 학교라는 테두리 안의 것이 전부였다. 몇몇 친구들은 몰래 남학생들과 미팅을 하거나 교제를 하는 경우도 있었지만, 사춘기가 막 시작된 또래의 여고생들에게 남자 선생님의 존재는 큰 힘이 되기도 했다.

지금도 가깝게 지내고 있는 친구 중 하나는 여고 시절 나의 연적이었다가 후에 절친한 친구가 된 경우다. 애를 태우며 삼 년을 보냈지만 선생님이 나의 두근거리는 설렘을 눈치채고 있었는지는 궁금하다. 졸업 후 안부가 궁금하고 그리움은 여전했지만 차마 찾아가 볼 엄두도 내지 못한 채로 살아가고 있었다.

그렇게 삼십여 년이 지나는 동안 그 나무는 어느새 내 안에 큰 그늘을 만들어 놓았고 세월이 주는 용기로 고향 근처 중학교 교장으로 재직 중인 선생님께 만남을 청하는 전화를 드렸다. 오랜 시간이 흘렀지만, 내 귀에 들리는 그분의 목소리는 여전히 예전처럼 활기차 있어 반가움을 더했다. 삼십 년 그리움 끝에 선생님을 만나기로 한 후 콩닥거림으로 밤새 뒤척거리다 새벽을 맞이했다. 그날 그 만남을 생각하면 여전히 전율이 밀려든다.

삼십 년이라는 시간이 무색하게 우린 이미 익숙한 듯 악수를 나눴고 식사를 하며 각자 살아온 날들을 풀어내고 있었다. 사실 그 만남을 위해 나는 온종일의 시간을 비워 두었다. 스쳐 지나간 시간이 길었던 만큼 나눌 이야기가 무성할 것 같았기 때문이다. 하지만 반가운 내 마음은 아랑곳하지 않고 3시간 30분 만에 돌려보내는 선생님께 서운한 마음이 너울처럼 밀려들었다. 그날 묻고 싶었던 이야기들도 많았는데 다 내려놓지 못하고 쫓기듯 돌아오는 마음이 아쉽고 헛헛했다는 게 솔직한 심정이다.

내 그리움의 대상자이었던 선생님 입장에서는 내가 그저 옛 제자 중 한 사람에 불과할지 모르지만 내겐 굉장히 중요한 만남이었기 때문이다. 그날 정말 바쁜 일이 있으셨는지 아니면 여고시절 내내 선생님을 좋아했었다는 뒤늦은 고백에 당황하셨던 것인지 궁금하다. 반가운 마음으로 선생님과 마주한 3시간 30분은 짧았지만 여전히 활기가 넘치고 건강하신 모습이어서 감사했다.

중년이란 삶의 여유를 찾을 수 있는 시기라고 생각한다. 전후좌우를 살필 수 있는 연륜과 능력이 두루 생기는 나이로 젊어서는 눈으로 보고 나이 들어서는 마음으로 본다는 말을 실감하는 요즘이다.

이따금 길이 보이지 않거나 방법을 찾기 어려운 일에 부딪혔을 때 잠시 멈춰 길을 물을 수 있는 상대가 선생님이었으면 좋겠다는 생각을 해 본다. 곧 있을 퇴직을 준비하며 제2의 인생을 구상 중이라는데 기대가 되고 궁금해진다. 도전에는 정해진 나이는 없다고 생각한다. 하나를 갈무리한 후 새로운 목표를 가지고 꿈꾸며 시작하는 것이 중요하기 때문이다.

지금 내게 스며든 감성의 몇 할은 아마도 여고시절 선생님을 향한 순수했던 마음이 만들어 낸 것들이라고 생각한다. 이제는 설렘도 점차 적어지고 나의 일상도 제자리로 찾아들었다. 생각해보니 오랜 시간 마음에 나무를 심어 두길 정말 잘한 것 같다.

그 나무는 때때로 내 삶 속에서 가치의 잣대가 되어주었고 다시 만날 사람들을 생각하며 성실하게 살아가는 이정표가 되어주었다. 마음에 나무를 심고 두근두근 설레며 살아온 날들이 이제는 더 이상 비밀이 아니다. 그것은 행복하게 고백할 수 있는 일이기 때문이다.

살면서 비밀이 많은 것은 좋은 일이 아니지만 시간이 한참 지난 후에라도 떳떳하게 말할 수 있는 비밀, 상대와 공감하며 나눌 수 있는 이야기가 많은 것은 행복한 일이다. 앞으로도 나무 심는 일에 게을리하지 않을 것이다. 누군가 나에게 선한 나무가 되어 아름다운 열매를 선물로 주었듯이 나 역시 누군가에게 선한 영향력을 전달하는 나무와 그늘로 살고 싶기 때문이다.

바다가 그리운 날

바다가 그리운 날
한걸음에 달려갈 수 없는 나는
바다로 가는 대신
섬을 다녀온 이가 쓴 시집을 찾아들었다.
굳이 가보지 않아도 그곳엔
하루쯤 머물고 싶은 슈퍼 민박집이 있고
청량한 바람을 잡을 수 있는 대나무 숲이 있고
도요새의 발자국들이 있었다
바다 너머로 사라져 가는 무심한 일몰을
눈물 한 방울 흘리지 않고 바라보다
모두가 떠나버려 폐가만 남겨진
그 한적한 바닷가에 홀로 머물면서
어느 노시인이 맨발로 걸었다던

그 길을 따라 걸으며
낯선 풍경들을 마시고 있다

—윤채원 「바다」 전문

오래전 바다가 너무나 간절하던 어느 봄날,

한걸음에 바다로 달려가지 못하는 안타까움을 주절주절 적은 것이다. 살다 보면 가끔 쏟아지는 빗줄기와 하나가 되고 싶거나 탁 트인 바다를 바라보며 버거움을 내려놓고 싶은 마음이 짙은 날이 있다. 그것은 아마도 해결하기 쉽지 않은 일들이 오래된 체중처럼 눌러앉아 호흡을 방해하고 있기 때문이다. 나뿐 아니라 많은 사람들은 거친 일상의 힘겨움을 위로받고 싶을 땐 바다로 달려간다. 그곳에서는 복잡한 도시에서는 만날 수 없는 새로운 여유를 만날 수 있기 때문이다. 한적한 해변에서 홀로 듣는 잔잔한 파도 소리는 상처투성이인 우리의 내면을 충분히 토닥여준다. 한동안 씩씩하게 잘 지내온 것 같은데 근래 들어 바닥을 보이는 에너지 때문인지 자꾸 예민해진다. 잘살아 보겠다던 야무진 마음도 바람의 움직임에 따라 결이 달라진다는 둔황시의 명사산 모습처럼 매 순간 달라져 혼란스러운 요즘이다. 바다를 그리워하며 쓴 시를 앞에 두고 낮게 가라앉은 회색 하늘 아래서 자꾸만 늘어지는 마음을 곧추세우려고 애쓰는 중이다.

7월에는

7월이 새롭게 열렸다.

빠르게 몰아치는 세월이 새삼 허무하긴 하지만 신선한 긴장감을 안고 다가오는 첫날은 늘 설렌다. 칠월이 시작되면 자연스럽게 떠오르는 시가 바로 이육사의「청포도」다.

칠월의 첫날에 이 시를 언급하는 것이 낡고 구태의연해 보이지만「청포도」는 여전히 많은 이들에게 사랑받고 있는 7월의 시가 아닌가 싶다. 아마도 시의 첫 행이 '내 고장 칠월'로 시작되기 때문인 것 같다. 이 시를 여학교 때는 애국 사상을 바탕으로 민족해방을 꿈꾸는 독립운동가의 고달픈 모습을 표현한 시라고 배운 것으로 기억한다. 하지만 오늘은 왠지 희망, 그리고 평화로운 삶에 대한 소망을 기다리는 순수한 서정시로 만나고 싶어진다. 희망을 품고 마을로 찾아드는 반가운 손님을 기다리는 정성스러운 마음을 시로 노래한 아름다운 시로 읽고 싶어지는 것이다.

군이 시 안에 존재하는 내면의 메시지를 찾기 위해 연연하지 않고 우리가 간절히 기다리는 시간, 선물, 손님을 향한 설렘만으로 충분히 행복해지는 이 시와 마주하고 싶은 7월의 첫날이다.

우리는 '느낌'과 '생각'을 혼돈하며 살고 있지만 느낌과 생각은 서로 다른 의미를 품고 있다. '생각'은 사람이 머리를 써서 사물을 헤아리고 판단하는 작용을 말하고 '느낌'은 몸의 감각이나 마음으로 깨달아 아는 기운이나 감정을 말한다. 새롭게 다가선 7월에는 우리 안에 머물며 호시탐탐 탈출을 꿈꾸는 개인의 욕망을 책임과 균형으로 잘 다스려 우리 삶이 흔들리지 않기를 소망한다. 일 년의 중간쯤을 지나오는 동안 혹시 깨어진 마음과 더는 회복할 수 없을 것 같았던 상처들이 있었을지라도, 사람과 사람 사이에 흐르는 긍정의 기운을 전달하는 일에 7월을 소진하는 것도 좋을 것 같다.

불안한 매미처럼

밤새도록 쉬지 않고 울어대는 저 매미들이 안쓰럽다. 필사적으로 자신의 존재를 드러내느라 낮과 밤 없이 애쓰는 모양새다. 길게 울어대는 매미 소리가 정겨움을 넘어 선지는 이미 오래다. 혹시 '파충류의 뇌, 외계인, 막가파'라는 말을 주변에서 들어본 적이 있는가. 믿기지 않지만, 이것이 바로 대한민국에서 가장 치유하기 어려운 중학교 2학년을 가리키는 말이라는 우스갯소리가 있을 정도다.

예민한 사춘기 친구들은 성인보다 세로토닌이 40%가 적게 나오는데, 세로토닌이란 뇌 속에 있는 신경전달 물질 중하나로 행복 호르몬으로 불린다. 이것이 적게 나오는 성인일경우 우울증, 불안증 환자로 진단받게 되는데 사춘기 친구들은 우울, 불안증 환자가 아니라 대부분 골칫덩어리로 치부되고 있다.

말이란 서로 대화의 수단이자 마음과 환경을 창조하는 수단이라고 할 수 있다. 그런데 사춘기의 정점에 있는 아이들은 우리 어른들과는 별개의 언어를 사용하는 것 같다. 그들이 하는 대화를 들어보면 분명히 우리말 같은데도 해석 불가의 별나라 언어를 사용하는 듯싶다. 말을 하고 있는데도 자기들만의 은어를 쓰는 탓에 정작 그들 곁으로 선뜻 다가갈 수가 없다. 세상의 이치에 통하여 지혜로운 사람이 어른이라는데 이 사춘기 아이들에게 비친 어른은 단지 잔소리꾼에 불과한 것이 아닌가 싶어 때로는 서글퍼진다. 삭막한 세상을 사는 어른들의 점잖지 못한 행동으로 청소년들에게 체면이 서지 않는 경우도 많다. 아직은 불안과 미성숙이 많은 어린 친구들이랑 각을 세워 싸울 게 아니라, 그저 우리와 다르다고 인정하면 되는데 그게 쉽지가 않아서 서로 간에 분쟁이 일어나는 것이리라.

여름 한 철이 사라져 버릴까 불안해 온통 나무를 흔들어대는 저 매미처럼, 사춘기 녀석들도 고함과 짜증, 빗나간 행동으로 자신의 불안함을 드러내는 중인지도 모르는 일이다. 예민하고 불안해 있던 아이들 곁에서 토닥여주는 것이 우리 어른들의 역할이 아닐까 싶다.

8월에게

기다리던 비를 앞세우고 찾아들었던 8월이 이름값을 제대로 하려는지 폭염을 몰고 와 버티고 서 있다. 더위를 피해 여기저기로 흩어졌던 사람들이 다시 일상으로 스며들고 있지만 다들 더위만큼은 어쩌지 못하고 맨몸으로 한여름 열기를 고스란히 받아들이는 중이다. 견디기 힘든 더위라도 며칠을 보내고 나면 입추가 찾아온다는 것을 알기 때문이다.

8월에게

온종일 사선과 직선을 그어대던
긴 비 그치자

뜨거운 태양은 다급하게 쏟아져 내리고
서서히 드러나는 너의 실체는 매섭게 다가와
일순간 온 세상을 정지시킨다.

불면의 열대야 속에서
철들지 못해 서러운 매미들은
덩달아 새벽까지 진저리를 쳐대고

비수를 달고 달려든 너의 침묵에
나무와 나무 사이에 머물던 시간은
진초록 숲으로 법석거리고
느닷없이 다가선 너는
어쩌지 못하고 서성거리는 나를 향해
설익은 미소만 흘리는 중이다

―윤채원 「8월에게」 전문

마을 걷기

한여름 저녁 무렵 한양도성 길을 걸었다. 어스름해진 하늘빛에서 노을이 피어나기 시작하자 더위를 적당하게 식혀주는 바람이 반갑게 달려와 안겼다. 내가 사는 지역에서는 한 달에 한 번씩 주민들이 자발적으로 모여 마을 걷기를 하는 소그룹의 모임이 있다. 마을 주변의 길을 따라 가족과 이웃이 한 무리가 되어 걷는 재미가 쏠쏠하다. 이 모임을 주도하는 친구는 감성이 풍부한 마을 활동가로 도봉구 샛길을 면면히 알고 있다. 그는 마을 사람들과 모여 천천히 걷다 보면 자신이 사는 지역에 대해 새롭게 알게 되거나 애정이 솟아난다고 했다. 한두 번 따라 걸은 후 근무시간과 겹쳐서 동행하지 못해 안타까워하던 차에 7, 8월은 한여름 더위를 피해 야간에 걷는다기에 호기 있게 따라나섰다. 마침 이번 걷기 모임은 이웃 마을을 걷는다고 해서 찾은 곳이 바로 한양도성 길이다.

지하철 동묘 역에서 내려 흥인지문을 시작으로 낙산 성곽길─ 혜화문─ 성북동의 북정마을 골목길까지 둘러보는데 3시간이 훌쩍 넘었다. 오래간만에 걷자니 힘도 들고 땀도 많이 흘렀지만 친절한 바람의 결을 다시 느낄 수 있는 상쾌함이 있어 좋았다. 일행 속에 묻혀 천천히 달빛을 이고 걸으며 순수하고 담백하게 살아보자는 생각을 하였다.

좋은 사람들과 삼삼오오 두런거리며 걷다 보니 도시도, 이웃도, 풍경도 친근하게 다가서고 욕심에서 비롯된 상념들도 달아나 버렸다.

어느새 어둠이 내려앉고 저 아래 소음의 도시에서 하나둘씩 불빛이 늘어나는 것을 가만히 앉아 한참 동안 내려다보았다. 일행과 함께 있지만 잠시 홀로 머무는 듯 사방은 고요했고 순간 유년의 고향 모습이 뜬금없이 찾아들었다. 이렇게 걸으면 되는 것을 무엇을 움켜잡겠다고 그리 분주하게 살며 실천 못 할 온갖 다짐들을 생각 안에 가둬두었을까. 마지막 코스였던 북정마을에서 성곽을 뒤로하고 다시 소음과 이기심이 만연한 도심으로 내려오면서 서쪽 하늘로 수줍게 떠오르는 둥근달을 바라보았다. 버릴 수 있다면 온전히 비우고 다시 처음으로 돌아가 보자며 이미 습관에 익숙해진 자신에게 말을 걸었다. 급하게 마음이 변하지 않도록 투덜거리는 마음을 달래면서.

예민한 가을날에

"창밖에 앉은 바람 한 점에도
사랑은 가득한 걸
널 만난 세상 더는 소원 없어
바램은 죄가 될 테니까~"

가을이 깊어 가면 마음을 울리는 노래가 바로 <시월의 어느 멋진 날에>이다.

지난 주말 집 근처 도서관에서 열린 작은 음악회에서 이 노래를 들었는데 새삼스레 가슴 깊이 스며들었다. 앙코르곡으로 선물 받은 이 노래를 들으며 가슴 한편에서 오랜만에 종소리가 울렸다면 믿을 사람이 있을까. 주변을 맴돌던 늦여름의 열기를 식힐 정도의 잔잔한 바람, 시야를 적당히 가려주는 어둠, 이제 막 떠오르기 시작한 보름달까지 정말 그날만큼은 온전히 10월의 어느 멋진 날이었다.

사실 요즘은 하늘을 올려다보면 멋지다는 감탄이 절로 나온다. 맑은 호수가 하늘에 그림처럼 걸려있는 날들의 연속이어서 매일 반복되며 펼쳐지는 우리의 삶도 저렇게 티 없이 맑은 가을 하늘을 닮아 준다면 얼마나 좋을까 싶다.

살다 보면 가끔은 말과 행동이 다른 사람들을 종종 만나게 되는 경우가 있다. 극명하게 대조되는 결과의 그 씁쓸함을 알기에 나름대로 조심하고 있지만 나 역시도 이따금 언행 불일치의 중심에 있는 것이 느껴지는 날이 있다. 그것은 아마도 내 안에 공정하지 못한 저울추를 달고 있기 때문일 것이다. 무게가 전혀 다른 저울추를 준비해 두었다가 부지불식간에 다른 사람을 판단하는 어리석은 행동을 하는 것인지도 모른다.

그런 우를 범하지 않으려고 요즘 깊게 빠져 읽고 있는 책이 바로 『산남수북山南水北』입니다. "서양에 소로우의 『월든』이 있다면 동양에는 한샤오궁의 『산남수북』이 있다" 이 한 줄에 끌려 읽게 된 이 책에 잔잔한 감동이 일었다. 독자들에게 꼭 필요한 삶의 철학을 일깨워주는 작가 한샤오궁이 도시

의 소음과 열기에서 벗어나 찾아 들어간 산골생활에서 삶의
여백을 채워가는 과정을 그린 산문으로 자연예찬과 문명 세
계에 대한 비판을 그린 책이다. 자칫 감성적으로만 흐르게
될 수 있는 예민한 계절인 이 가을에는 감성의 중심을 잡아줄
공정하고 온전한 저울추를 마련해야 한다.

가난한 11월

공연히 쓸쓸해지는 11월이 열리자 서늘해진 가을바람은 자꾸만 옷깃을 여미게 한다. 며칠 전 근처에 사시는 노 시인에게 낙엽 한 장을 선물로 받았다.

"이것은 물기 마른 나뭇잎이 아니라 내가 주워 온 시에요." 물기 잃은 낙엽에 감성이 담긴 촉촉한 한마디를 얹었을 뿐인데 전율이 밀려왔다. 노시인의 말처럼 시대가 혼란스러울수록 감성을 지키는 일에 집중하고 애써야 한다고 생각한다.

11월은 짧기에 더 아쉽고 아름다운 것 같다. 많은 사람이 고운 단풍에 온통 마음을 빼앗기는 이유는 이내 사라져버린다는 것을 알기 때문이다. 길을 걷다 찬비를 맞고 누워 있는 거리의 낙엽을 보면 덩달아 처연해지고, 울긋불긋 아름다운 단풍은 잠시 행복하다가 길게 헛헛해지는 것 같아 서글프다. 11월은 고운 단풍을 매단 채 부러움이 가득한 사람들의 눈길에 잠시 으쓱거리다가 한겨울 추위를 견디기 위해 스스로 옷가지들을 벗고 가난해지는 가을의 끝자락이다.

가난한 11월

윤채원

빠끔히 고개 든 11월이 느리게 기지개를 켜자
마중물 같은 반가운 비가 내리기 시작한다
가을비는 소나기처럼 세차지도 못하고
암사내처럼 쭈뼛대는 것이 제 주인을 꼭 닮았다

온 산을 물들이느라 지쳐버린 세포와 구멍 뚫린 뼈들은
낡아진 코트 자락의 구겨진 주름처럼 상처로 가득하고
제 몸을 겨우 지켜내고자 스스로 헐벗어가는 나무는
쓸쓸한 도시의 화려한 배경이 되어간다

그러면 지난 세월에 기생하던 생채기들은
아직 열리지 않은 문 앞에서 서성이다
사라지는 계절 속으로 왜소한 몸을 밀어 넣느라
온종일 소리 없는 울음을 토해낸다

마을을 탐探하다

고운 하늘빛으로 감성을 물들이던 지난주에는 사적 제10
호인 낙산공원(서울성곽)에 다녀왔다. 아기자기한 카페가 있
는 언덕을 지나 공원에 오르니 드디어 반가운 성곽이 나타났
다. 야트막한 산 아래로 열린 다정한 산책길을 통해 올라간
성곽 주변에는 시민들뿐 아니라 외국인 관광객들이 올라와
서 서울 시내 풍경을 내려다보고 있었다. 성곽 중간쯤 대포
를 꽂는 구멍이었다는 사각의 틈을 통해 내려다보니 마치 예
쁜 그림 액자를 보는 듯 서울의 풍경이 친근하게 다가왔다.
바람이 주는 기분 좋은 선선함을 누리며 그곳에 머물다 내려
오는 골목에서 마주친 예쁜 벽화에 한동안 시선을 빼앗기고
말았다.

옛 풍경이 그대로 남아있는 골목길에 알록달록 옷을 입은 화분과 좁은 계단도 정겹던 그곳은 '장수마을'로 불리고 있었다. 탐색하듯 그곳을 자세히 걷다 보니 서울 성곽이 병풍처럼 둘러있고 마치 우리네 삶처럼 좁은 골목과 골목끼리 사방으로 연결된 단아한 장수마을이 마음에 들었다.

언제부터인지 대도시인 서울에서도 '마을'이라는 단어가 더는 낯설지 않고 익숙해졌다. 이제는 친근함을 넘어서 다양한 사업 배경으로 문서에서 자주 마주치게 되는 단어다. 한때는 갑자기 불어 닥친 '마을 만들기' 열풍이 낯선 적도 있었지만, 이제는 사업이라는 구조를 통해서라도 마을에 동력을 불어 넣어 선한 공동체를 회복하는 것이 중요하다고 생각한다. 작지만 그 일에 마음을 보태는 이유는 우리는 함께 살아가야 하는 공동체의 일원이고 그렇게 사는 것이 옳기 때문이다.

조상들의 지혜가 묻어 있던 진정한 의미의 마을을 회복하려면 누군가는 먼저 작은 씨앗이 되어야 한다. 어른들이 먼저 마을에서 제각기 씨앗이 되어 어린아이와 청소년들이 꿈꾸며 성장하도록 돕고 마음을 나눔과 동시에 공동체가 되어 마을을 품어야 한다. 지역의 주민들이 자발적으로 모여 다양한 모임과 활성화된 프로그램으로 마을의 주인으로 살아간다는 것은 행복한 일이다. 공동체를 이룬 그곳에서 다양한 인연들과 선한 관계를 맺고 고민을 나누며 더 넓은 의미의 가족으로 사는 일은 충분히 반갑고 가치 있는 일이다.

원당 샘 공원

600여 년 전 파평 윤씨 일가가 자연 부락인 원당마을에 정착하며 생긴 원당 샘은 심한 가뭄에도 한 번도 물이 마르지 않았고 추위에도 얼어붙는 일이 없었다고 한다. 1979년 새롭게 정비되면서 원당 샘이라는 이름이 붙여졌고 2009년 도봉구에서 새롭게 물길을 내고 공원으로 정비한 것이 바로 원당 샘 공원이다.

파평 윤씨 후손이기도 하거니와 직장과 가까워서 점심 식사 후 자주 산책하는 작은 공원이다. 사계절 풍경을 고스란히 마주할 수 있는 이곳의 작은 연못과 등을 맞대고 있는 원당정은 이따금 지인들과 식사 후 담소하는 공간이다. 연못 속의 수련을 감상하거나 버드나무 잎으로 나풀거리는 바람을 온몸으로 안으면 짧은 순간에도 행복감이 깊게 찾아든다. 주변 곳곳을 아기자기하게 꾸며 놓아 친근감이 드는 작은 샘은 주민들이 물을 마시거나 집으로 가져갈 정도로 물맛이 좋다. 특히 이곳에서 봄 햇살 같은 어린아이들의 재잘거리는 소리를 듣다 보면 기분이 좋아진다.

공원 주변에는 서울시 보호수 제1호로 550여 년이 된 은행나무가 시대와 함께 역사가 되는 가는 것을 지켜보았다. 역사의 애환을 담고 있는 연산군의 묘가 북한산 둘레길 코스와 인접해 있어 많은 사람들의 발걸음을 멈추게 하는 곳이다. 그래서인지 햇살이 곱거나 비라도 내리는 날이면 몸보다 마음이 먼저 그곳으로 향한다.

원당 샘 공원은 해마다 가을이 되면 다양한 색깔의 문화 잔치를 만날 수 있는 공간이다. 아기자기한 축제를 통해 건조한 일상을 주민들과 한데 어우러져 즐기며 상처를 치유하기도 한다. 멀리서 친구가 찾아오는 날이면 함석헌 기념관을 시작으로 역사문화 탐방 길의 중심에 있는 김수영 문학관과 원당 샘, 연산군 묘, 정의공주 묘, 간송 옛집까지 두루 소개하다 보면 덩달아 어깨에 힘이 들어간다. 오늘도 바람소리로 나를 불러내는 원당 샘으로 나가볼 것이다. 그 곳에서 만나는 햇살, 풍경, 바람을 한곳에 불러 모아 그리운 사람을 향해 날려 보내야겠다.

붕붕 도서관

몇 년 전 일주일에 몇 시간씩 집 근처 도서관에서 자원봉사를 한 적이 있었다. 시멘트로 올린 사각형의 도서관이 아닌 폐차된 버스를 기증받아 도서관으로 만든 일명 '붕붕 도서관'이었다. 아파트 주변의 작은 공원이지만 어두컴컴해서 저녁이면 비행 청소년들이 삼삼오오 찾아들던 공간에 폐기될 운명의 버스를 개조해 만든 버스도서관이라 시작부터 많은 관심을 받았던 도서관이었다.

그 도서관에서 봉사하는 것이 특히 더 좋았던 이유는 버스 창문을 통해 사계절의 풍경을 가까이서 만날 수 있고 꼬마 친구들이 몰려와 책 읽는 모습을 보며 큰 에너지를 얻을 수 있기 때문이었다. 아이들이 버스 도서관으로 오기 시작하자 자연스럽게 부모들도 찾아와 독서 바람을 불러일으켰고 부모 중에는 간혹 봉사를 자원하는 사람들도 생겨났다. 도서관이라고는 하지만 때로는 부모와 자녀들이 방과 후에 만나는 정류장이나 사랑방이 되기도 했다. 발걸음이 뜸하던 공원으로 점차 주민들이 찾아드는 것을 보니 그 작은 버스 도서관이 마을에 작은 변화의 바람을 일으키는 원동력이 된 것이 분명했다.

붕붕 도서관에서 처음 자원봉사를 시작할 때는 누군가를 위해 내 시간을 내어준 것으로 생각했는데 활동을 하다 보니 오히려 내가 도움을 받는다는 것을 깨닫게 되었다. 추운 날씨 때문인지 버스 도서관이 유난히 조용했던 어느 날 운전석에 앉아 책을 읽다가 우연히 바라본 바깥 풍경에 마음을 빼앗겼다. 먼 데 산자락으로 길게 솟아오른 나무 끝자락에 머문 바람이 눈에 들어왔다. 헐벗어 맨몸이 된 가녀린 나뭇가지들이 일정한 간격으로 흔들리는데 그 사이로 퍼지는 눈 부신 햇살이 다정해 보였다. 내게로 파고드는 그 순간의 마음이 달아날까 싶어 얼른 적어보았다. 이미 지나간 날의 풍경이지만 잠시 그 기억을 이곳에 내려놓는다.

3월의 풍경

윤채원

먼 데 창밖으로 존재하는 바람이 경쾌하다
서로가 서로를 구속하지 않고
바람에게 길을 내어주는 흔들림이 부러워
사선으로 퍼지는 다정한 햇살 그 열기를 온전히 받아들인다
매일 오가는 무료한 그 길 언저리에서
우리 한 번쯤은 마주쳤을 텐데
나의 시선을 잡아두지 못한 그대가 낯설어
공연히 가지 끝을 맴도는 바람에게 눈길을 보낸다
꽃바람이 반가운 3월의 한낮
무심해 보이는 저 풍경 속에는
우리가 살아야 할
우리가 숨 쉬어야 할
삶의 씨앗을 고스란히 품고 있다

방학천 등燈 축제

몇 년 전부터 매년 가을이면 내가 사는 지역에서는 등 축
제가 열린다. 새롭게 정비된 방학천 물줄기를 따라 다양한
캐릭터와 이야기 속 주인공이 고운 색 등으로 설치되어 밤이
면 축제 열기로 사람들을 불러 모은다.

다섯 번째로 열리는 이번 축제는 유니세프 아동친화도시
도봉구 조성을 응원하기 위해 '동화의 나라, 빛으로 물들다'
라는 주제로 기획되었다. 그래서인지 이번 등불의 캐릭터는
주로 아동 전래동화의 주인공이나 아이들이 좋아할 만한 캐
릭터들로 구성되어 방학천을 수놓았다. 며칠 동안 진행되는
등불축제 기간에는 평소 만나지 못하던 지인들을 불러 모아
서 만나는 기회로 다양한 공연과 색 고운 등을 눈에 담는 즐

거움이 쏠쏠하다.

이 축제는 매년 성장을 더 해 인근 지역에서도 일부러 찾아오는 도봉구의 대표적인 축제로 자리매김하였다. 해마다 축제 기간이 되면 지인들과 현장으로 나가 즐기는데 방학천가로 쏟아져 나오는 많은 사람들을 보면서 등 축제가 감성을 충전시키는 좋은 기회라는 생각이 들었다. 예술은 감성을 통해 사람들에게 호소하는 것이고, 감성은 우리가 살아가는 데 꼭 필요한 에너지라서 방전되면 삶이 무미건조해질 수 있다. 정서적 결핍은 소통의 부재를 불러올 수 있으니 우리의 마음이 건조해지지 않도록 잘 살펴야 한다.

예전에는 등 축제가 열리는 청계천으로 나가야만 즐길 수 있었는데 이제는 우리 지역의 특성에 맞게 구성된 이 축제를 보려고 멀리서 찾아온다니 반가운 일이다.

등燈 축제의 시작은 문화를 아끼고 사랑하는 관청의 주도로 열리게 되었지만 해를 거듭하면서 주민들과 그 호흡을 함께하고 있다. 지역에서 활동하는 문화 예술가들이 재능과 마음을 모아 축제의 지경을 확장하고 주민들에게 감성을 충전시켜 준다. 현장에서는 여러 체험 부스도 진행되고 있는데 가장 인기가 있는 것은 바로 '소원 쪽지' 코너이다. 주민들이 각자 소원을 적은 종이를 매듭으로 접어 매달아 두었다가 정월 대보름날 행사에 달집과 함께 태우며 액운을 물리치고 새로운 한해를 기대해본다.

우리 지역의 민과 관이 함께 어우러져 새로운 문화를 만들고 즐기는 그 중심에 등 축제가 있다는 것은 반가운 일이다. 이런 축제가 주민들에게 사랑받고 지역을 알리는 좋은 기회가 되기 위해서는 행사를 기획하고 주도하는 관의 관심과 지역예술가들의 심도 있는 고민과 계발이 필요하다. 그렇지 않으면 이미 다양한 매체와 경험을 통해 문화의 품격을 갖추고 찾아오는 축제 참여자들에게 자칫 신선함이 모자란다는 평가가 있을 수 있다. 행정단체의 협조와 지역 문화예술 활동가들의 획기적인 활동으로 도봉구 등燈 축제가 지역을 넘어서 한국의 대표적인 축제가 되길 기대한다면 큰 욕심일까.

2부

마음 다스리기

정화淨化하는 일

요즘은 책이라는 도구를 통해서 자신의 아픔과 상처, 불안과 염려를 여과 없이 보여줌으로써 많은 이들을 위로해주었던 헨리 나우웬과 긴밀한 대화를 나누는 중이다. 그가 전하는 이야기에 집중하다 보면 시나브로 평온해지는 자신과 마주하게 된다.

처음 읽게 된 그의 책이 바로 『나이 든다는 것』이었다. 이 책에는 삶을 마무리하는 마지막 매듭인 노년을 맞이하는 자세에 대해 적어놓았다. 사실 나이 든다는 것은 시기의 문제이지 누구에게나 찾아드는 공통적 경험이다. 이 책의 저자는 늙어간다는 건 낙심의 사유가 아닌 소망의 토대이고 조금씩 퇴락해가는 것이 아니라 차츰차츰 성숙해가는 과정으로 두

팔 벌려 맞아들여야 할 기회라고 말하고 있다.

지역 주민들에게 '자기 이야기' 쓰기 강의를 하는 나는 수강자들이 자연스럽게 자신의 살아온 스토리를 끄집어내어 글로 표현하도록 길잡이 역할을 하는 것이다. 우리는 스스로 나이 듦을 의식하게 되면서부터는 자신이 걸어왔던 그 길을 종종 뒤돌아보게 된다. 강의는 30대 후반을 시작으로 80대 어르신까지 다양한 수강생들과 함께 진행한다. 강의 초기에는 자신의 인생을 드러내지 않던 수강생 대부분 어느 정도 시간이 지나면 회한의 눈물을 흘리며 망설임 없이 글로 적어 내고 있다. 눈물은 자신의 감정을 드러내는 표현 중 하나로 자연스러운 현상이다. 새로운 발견 중 하나는 강의가 끝나면 대부분 지금까지 살아낸 스스로를 기특해한다는 것이다. 살아온 날만큼은 자신이 만들어온 역사의 주인공들이니 얼마나 많은 생각이 떠돌고 있을까 싶다. 걸어온 그 길을 점검하며 글로 풀어 놓는 일에 중간 역할을 할 수 있어서 그나마 다행이다. 그분들의 다양한 인생 이야기에 가슴이 아프기도 하지만 어느 순간 그 눈물이 나를 정화하기도 한다.

나이 든다는 것이 쇠락의 개념이 아닌 경험을 토대로 조금씩 성장해나가는 길을 걷는 중이니 순간순간 애쓸 일이 분명하다. 누군가에게 틈을 보인다는 것은 마음을 열기 시작한다는 작은 행동이라고 볼 수 있다. 상대를 믿고 의지하는 마음이 생기면 적당한 부족함은 포용해줄 거라는 확신이 있기에 긴장하지 않게 된다. 그렇게 점차 서로에게 신뢰가 쌓이다 보면 연약함의 그 바닥까지 받아들이고 온전히 마음을 나누는 끈끈한 유대감을 갖게 되는 것이다.

어느 날 우연히 책상 위의 작은 거울을 통해 지나온 세월이 고스란히 담겨있는 나의 모습과 눈 마주치자 비루해지는 감정이 마구 밀려왔다. 그런 날에는 하루가 온통 회색빛으로 스며들어 공연히 심술을 부리고 싶어진다. 나이를 먹는다는 것은 해가 바뀌고 물리적인 숫자가 증가하는 것으로 특별한 기술이 필요 없다. 그러나 하루하루 곡진한 마음을 품고 가치 있게 살아가려면 적절한 기술이 반드시 필요하다. 그 가운데 하나가 자기감정을 조절하는 능력이다. 감정을 세련되게 다루는 재주가 없는 나는 상대방에게 심리 상태를 자주 들키는 편이다.

이런 내가 어느 날 위로가 되는 문장 하나를 발견했는데 바로 "관계가 힘이 들 땐 사랑을 선택하라"는 헨리 나우웬의 조언이 담긴 문장이다. 이유가 무엇이든 미움이나 분노의 감정이 생긴 일에 먼저 다가서기가 쉬운 일이 아니다. 그렇지만 잠깐 기다려주거나 이해하려는 마음만으로도 관계는 충분히 좋아질 수 있다. 살다 보면 미움으로 대응하지 않고 조용하게 기다려주는 것만으로도 일이 잘 해결되는 경우도 종종 있기 때문이다.

마음 다스리기

해가 바뀌자마자 보름 정도를 앓아누웠다. 마음 뒤척거릴 일이 생기니 몸이 더 민감하게 반응하며 두통을 동반한 오한으로 한동안 침잠되었다. 마음은 사람의 몸에 깃들여 지식, 감정, 의지 등의 정신활동을 하거나 그 활동의 배경이 되는 것을 의미한다. 사람의 심리상태에 따라 그와 마주한 상대는 즐겁기도 하고 불안하기도 한 법이다.

지난 한 해를 제대로 갈무리하지 못하고 엉겁결에 새해를 맞이한 어느 날 아침 차가운 바람이 창가를 스쳐 내 마음 깊은 곳으로 밀려들었다. 그 순간 느닷없이 달려든 서늘한 기운은 불안한 마음을 앞세우고 휴대폰 벨 소리로 노크해 왔다. 전화를 받자마자 같은 문학회에서 활동하는 지인은 다짜

고짜 고성으로 노여움을 쏟아내 나를 당혹하게 했다. 부지불식간의 일이라 아무런 반응도 못 한 채 이야기를 듣다 보니 오해가 생긴 것이 분명했다. 해명이나 대답할 시간도 주지 않고 한동안 당신의 상한 마음을 쏟아 낸 후 거칠게 전화를 끊어 버렸다.

주변 사람들에게 든든한 위로자로 살면서 따뜻한 관계를 유지하고 싶은 마음으로 살아왔고 때로는 그 다짐이 나를 구속하기도 했지만, 오늘처럼 사실 확인도 없이 무턱대고 걸려온 전화는 짜증을 불러들였다.

자신에게 여유가 있는 사람일수록 상대를 쉽게 용서하고 너그럽게 행동하는 법이다. 나이가 들어 연륜이 깊어질수록 상대를 향한 배려심도 깊어지는 줄 알고 있었다. 하지만 나이가 들어갈수록 마음은 어린아이와 같이 작아지고 욕심으로 인해 상대를 배려하지 못하는 안타까운 경우를 종종 보게 된다.

이른 시간 느닷없는 전화로 하루를 우울하게 만들었던 그 지인의 행동이 당황스럽고 마음이 상했지만 일부러 찾아가 해명하거나 진실 여부를 따지고 싶지 않다. 지난 몇 년 동안 함께 활동하면서 민감한 상처를 안고 살아온 그의 지난한 삶의 이야기를 들은 적이 있었다. 아마도 오래전부터 외롭게 살았던 그 시간이 만들어 낸 예민한 성격이 어쩌면 울타리가 되어 스스로를 지켜왔을지도 모르기 때문이다. 남의 마음을 헤아리려면 먼저 자신을 정화시키고 눈앞에 보이는 이익에만 집중할 것이 아니라 시선을 확장시켜 마음을 다스리는 자세가 필요하다.

"생각하는 일은 반드시 그 빛이 바깥으로 샌다."라는 맹자의 말이 있다. 사람의 마음은 아무리 감추려 해도 드러나게 마련이니, 올바르고 건전한 생각을 마음에 담으라는 뜻일 게다. 좋은 생각에서 나오는 긍정적인 말은 사람을 변화시킬 수가 있다. 어떤 대상에게 조력자가 되어주려고 나를 변화시키는 것이 아니라, 사람을 지배하는 기본적인 감정을 지키기 위해서 마음공부는 꼭 필요하다. 아름다운 심성을 지키기 위해 순간순간 애쓰지 않으면 자신은 물론 상대도 힘들고 아플 수 있다.

우리 안에 웅크리고 있는 마음이란 녀석은 눈에 보이지 않아서 자주 수련시키지 않으면 처음 의도와는 전혀 다른 길로 달려가길 좋아한다. 자신을 가꾸면서 어떤 일을 당해도 잘 헤쳐 나갈 수 있도록 나를 단련시키는 일은 삶을 대하는 적극적인 자세이다. 단단하게 익기 위해서는 끝없이 물러지는 것을 두려워하지 않아야 한다. 여러 가지 어려움을 이겨내야만

씨앗처럼 단단해져서 빈틈이 없어진 성숙한 자아와 마주할
수 있기 때문이다.

그리움

　달빛으로 희미하게 보이는 벽시계를 바라보니 이제 막 새벽 3시를 넘긴 듯싶다. 피곤함을 핑계로 잠을 청하려 애를 써 보지만 그럴수록 정신은 더욱 맑아져 온다. 몇 달 전 초여름의 문턱에서도 진한 아카시아 향기에 취해 얼마간 힘들어했던 기억들이 새삼 낯설지 않다. 낮에는 바람에 실려 오는 아카시아 향이 내 마음을 온통 빼앗아 버려 싱숭생숭했고 밤이 되면 낮 동안 고즈넉이 숨어 있던 어지러움이 안방 가득 묻어나 잠을 이루지 못하고 뒤척이곤 했다.

　지금 내가 잠을 이루지 못하고 새벽을 맞이하고 있는 것은 그때 그 향기와는 사뭇 다른 맹꽁이 울음소리 때문이다. 서울에서 아카시아 향도 감사한 데 맹꽁이 소리까지 묻히고 사니 감성적인 나에게는 여간 고마운 일이 아닐 수 없다. 어둠 속에 누워 그 소리에 귀 기울이다 보면 어느새 고향의 정겨운 풍경들이 그림처럼 펼쳐진다.

어릴 적 풀벌레들의 울음소리와 앞 강 여울목 물 흐르는 소리를 무척 좋아했다. 지금도 그 정겨운 물 흐르는 소리가 아스라이 귓가에 들려온다. 그것만으로도 잠을 이루지 못하는 충분한 이유가 된다.

20대 한참 미래에 대한 염려로 잠 못 이룰 때 제목에 끌렸던 카알 힐티라의 『잠 못 이루는 사람들을 위하여』라는 책을 읽으며 새벽을 맞이하던 기억이 있다. 그때 이후로 새벽을 뜬눈으로 오롯이 맞이하는 것은 정말 오랜만이다.

가만히 눈을 감으면 난 고향 집 툇마루에 누워 있다. 까만 하늘에 촘촘히 박혀 빛나던 별들과 운 좋으면 볼 수 있던 별 똥별이 두 눈에 가득 들어온다. 달 밝은 날에는 어린 나이에도 무서움을 잊고 강가에 앉아 여울목 물 흐르는 소리를 듣고 있다가 늦은 저녁 식사를 마치고 목간 나온 아주머니들을 놀라게 한 적이 있었다. 그 울창한 숲들, 함께 뛰어놀던 새까만 친구들, 모든 것이 그리울 뿐이다.

사춘기 때는 시골에서 자라는 것이 싫어 무작정 도시를 동경하며 살다가 서울로 시집가겠다던 어린 시절 입버릇처럼 고향을 떠나 이곳 서울에 정착했다. 하지만 돌이켜 생각해보니 내 안의 또 다른 나는 지난 추억 속에 숨어 꿈틀대기를 기다리고 있었나 보다. 갑자기 어린 시절의 일들이 그리운 나머지 고통스럽기까지 하니 말이다.

지금 울고 있는 저 맹꽁이는 분명 어제도 울었을 텐데 내 귀에 들려오는 저 맹꽁이 소리는 첫사랑의 가슴 떨림이 되어 나를 유혹한다. 불을 켜고 일어나 주섬주섬 옷을 찾아 입는다. 맹꽁이 소리를 찾아 나서 볼 참이다. 오랜만에 옷깃에 새벽이슬도 묻혀 보아야겠다. 어린 시절처럼 주위의 어둠과 무서움은 이미 안중에 없고 그리움을 조금이라도 채워준다면 아무것도 개의치 않을 생각이다.

이 새벽 잠들지 못하고 아침을 맞이한다고 해도 억울할 것이 없다. 맹꽁이 소리가 감성을 유혹해 나를 일으켜 세운 것이다. 점점 가까이에서 들려오는 맹꽁이 소리가 나를 편안하게 해준다. 이슬에 젖은 길가 풀 위에 쪼그려 앉아 가만히 귀기울여 본다. 이대로 이슬을 맞으며 아침을 맞이하려 한다. 마음을 온통 빼앗겨 움직일 수가 없다. 오늘은 아침이 더디 왔으면 좋겠다는 생각을 한다. 제발 오늘은 아침이 더디 왔으면 좋겠다.

편지의 힘

편지가 소통의 도구였던 시대를 지나 전화와 이메일로도 간편하고 발 빠르게 소통이 가능하기에 편지지에 직접 쓰는 손편지는 점차 사라져 가고 있다. 요즘은 거리에서도 빨간 우체통을 만나기가 쉽지 않다. 가끔 편지 쓰기 강의를 위해 서울 소재 초, 중학교로 다니는 중이다. 직장생활 틈틈이 휴무일을 쪼개 하는 일이라서 간혹 고단함을 느끼기도 하지만 내가 좋아하는 일이라 즐거운 마음으로 집을 나서게 된다.

느림의 미학이란 말이 유행일 정도로 우리는 여전히 분주한 시대를 살아간다. 바쁘다는 이유로 중요한 것들을 잊거나 잃어버리고 살고 있는데 그중 하나가 마음과 마음을 이어주는 편지 쓰기가 아닌가 싶다.

편지가 주는 즐거움을 알았던 사춘기 즈음부터 '군인 아저씨께'로 시작되는 위문편지, 도시로 전학 간 친구에게 우정 편지를 쓰면서 글쓰기의 즐거움을 알았다. 또한, 언니의 펜팔 편지를 몰래 뜯어보면서 풋풋한 첫사랑의 감정을 또래 친구들보다 먼저 알아챌 수 있었다. 친구들의 연애편지를 대신 써주면서 감성을 확장해 나갔고 남편과도 연애 시절 틈틈이 편지를 교환하며 깨알 같은 글자의 수만큼 사랑의 깊이를 더했다.

요즘 아이들은 스승의 날이나 어버이날 학교에서 단체로 쓰는 경우가 아니면 편지 쓸 일이 드물어 편지가 주는 기쁨과 감동을 모르는 것 같아 안타깝다. 삭막한 시대를 살면서 SNS로 생각을 교환하는 요즘 아이들에게 감성적 글쓰기를 적극 권장하고 싶다. 편지는 단순히 생각을 교환할 뿐 아니라 정서적인 교감도 가능하다. 생각의 깊이를 더해 한 줄 한 줄 쓰다 보면 상대를 향한 자신의 감정을 확인할 수 있고 전달력도 매우 크다.

편지쓰기 강의 시간에는 인터넷의 발달로 감성이 메말라 버린 학생들에게 먼저 이론교육을 한 후 실제로 편지를 쓰게 하는데 처음엔 힘들어하던 학생들도 시간이 지나면서 편지를 완성해나가는 것을 보면 뿌듯하다. 우리는 삶을 촉촉하게 해주는 감성을 챙길 시간도 없이 분주하게 살고 있지만 나는 아직도 이성보다는 감성의 힘을 믿는 편이다. 모든 것이 빠르게 변화되는 삭막한 시대를 살아가는 사람들에게 편지는 또 다른 에너지가 되어줄 것이라는 믿음이 있기에 거리마다 빨간 우체통의 숫자가 늘어나기를 사뭇 기대한다.

우리가 하는 말은 한번 입 밖으로 내보내면 발화되면서 동시에 사라지고 만다. 그렇지만 사람의 생각과 느낌이 시각화되어 나타나는 글쓰기는 마음을 전달하거나 자신을 성찰할 수 있는 훌륭한 도구가 된다.

독일의 위대한 시인 괴테가 첫사랑이었던 샬롯테 본 슈타인에게 쓴 연애편지를 진지하게 읽은 적이 있다.

거센 눈밭과 차가운 서리를 뚫고 한 송이 꽃은 피어났습니다. 냉혹하게 저주받은 제 일생에도 이렇게 사랑은 피어났습니다. 저는 행복하기에 오히려 침잠합니다. 어제보다 더욱 당신을 사랑함을 믿어 의심치 않습니다. 그렇지만 이 믿음은 하루하루 거듭되는 외로운 제 삶 속에서 쓸쓸히 자라고 있습니다. (생략)

1780년에 사랑하는 사람을 향해 애틋하고 간절한 마음을 담아 쓴 괴테의 연애편지도 입 밖으로 나오는 순간 사라져버리는 말이 아닌 문자로 남겼기에 230여 년이 훌쩍 지났지만 우리들에게 읽히는 것이다. 교감과 소통이 동시에 가능하다는 것이 편지가 주는 힘이 아닌가 싶다.

자신의 감정을 발산시키고 생각을 정리해주는 편지글은 미사여구가 없더라도 정성 가득한 손 글씨에 따뜻한 마음을 담는다면 상대의 마음을 충분히 움직일 수 있다. 그래서 편지는 온전한 소통의 도구가 된다.

밥으로 사는 일

　우리에게 일용한 양식인 '밥'은 먹고사는 문제의 총체적 표현이다. '밥값, 밥맛, 밥벌이, 밥통'이라는 단어가 일상적으로 사용되는 것을 보면 여전히 '밥'은 우리에게 중요한 양식이다.

　발 빠른 세상의 변화 속도에 맞추느라 우리 식생활도 빠르고 간편한 대체음식을 찾고 있다. 한식 위주였던 우리 집 아침 식사 메뉴도 간편해져서 우유에 시리얼을 말아먹거나 과일 몇 조각이 전부다. 밥을 준비해서 식탁에 차려 놓았지만 겨우 잠에서 깨어 학교나 회사로 가기 바쁜 가족들은 밥맛이 없다며 식사를 거르거나 간편식으로 대신한다. 이것은 비단 우리 집만의 문제가 아니다. 아래층에 사시는 연세 드신 어르신들의 아침 식사 풍경도 별반 다르지 않다고 했다. 우연히 알게 된 사실인데 밥을 드실 것 같았던 그분들도 입맛이 없는 아침엔 간단하게 빵이나 미숫가루, 과일로 아침 식사를 대신한다기에 조금 놀라웠다. 연세가 드실수록 잘 드셔야 할 어르신들이 영양보다는 간편함을 추구하는 세상에 동승 되는 것이 아닌가 싶어 쓸쓸하다.

'밥'이라는 단어 안에는 포괄적인 의미가 담겨 있다. 조금 어수룩해서 다른 사람에게 이용당하는 사람을 우리는 '밥'이라고 표현하거나 마음에 들지 않는 사람을 보면 '밥맛'이 없다고 한다. 우리가 살아가는 데 필요한 에너지를 제공하는 소중한 밥이 어쩌다 상대를 비하하는 말로 전락했는지 안타깝다. 반면에 누군가를 축하할 일이 생기거나 위로와 격려가 필요할 때 건네는 인사 '밥 한번 먹자'는 말속에는 친밀함이 실려 있다. 따뜻한 음식을 앞에 두고 마주 앉은 것만으로도 마음이 전달되기도 한다. 이처럼 상대를 격려하며 서로의 존재를 확인할 수 있는 따스한 인사가 또 있을까 싶다.

한쪽으로 치우침 없는 중용의 음식이면서 우리 몸을 보호하는 최고의 보약인 밥처럼 타인과 나를 이롭게 하는 밥 같은 사람으로 살고 싶다. 황량한 인생길에서 가끔은 이유 없이 돌을 맞을 때도 있고, 내 의도와는 다르게 상대를 힘들게 하는 경우도 생긴다. 살면서 때때로 누군가에게 밥맛없다는 소리를 듣더라도 내 양심에 부끄러움이 없다면 매일 먹어도 질리지 않고 우리에게 꼭 필요한 에너지인 밥 같은 사람으로 사는 것도 나쁘지 않을 것 같다.

우리 삶의 여정도 찬찬히 살펴보면 쌀이 밥으로 변해가는 과정과 별반 다르지 않다. 딱딱한 쌀에 물을 붓고 열을 가하면 익어가면서 먹기에 편한 밥이 되는 것처럼 인생이라는 물리적인 시간에 책임이라는 열로 자신을 온전히 희생시켜 에너지로 재탄생되는 과정은 위대한 일이다. 그렇게 익어간다는 것은 부드럽게 성숙되는 것이다. 칼날같이 예리하던 사람들이 크고 작은 세파를 견디면서 여유로워지는 것처럼 쌀이 외부의 열을 받아 부드러운 밥이 된다는 것은 자기희생과 헌신을 필요로 하는 일이다.

빠르게 변화되는 세상 속에서 마주치는 다양한 경험과 그것을 통해 얻게 되는 지혜로 포용력을 갖춘 사람이 되고 싶다. 돌이켜 보면 나 역시 지난날 누군가의 헌신과 희생으로 지어 준 밥을 먹고 현재를 살고 있는 빚진 자이기에 타인에게 따뜻한 밥이 되는 것을 주저하지 말아야겠다.

착한 에너지 찾기

　한때는 '소통'이라는 단어가 유행이더니 요즘엔 '힐링'이라는 단어가 우리 문화를 지배하고 있는 듯 곳곳마다 힐링의 바람이 분다.

　힐링healing의 사전적 의미는 몸이나 마음을 '치유하다, 낫게 하다'라는 뜻이다. 빠르고 복잡하게 변화하는 세상에서 몸과 마음이 지친 많은 사람이 쉼을 얻고자 '힐링'을 외치고 있는 게 아닌가 싶다. 그래서인지 고개를 들어 주변을 둘러보면 음식이나 서적, 음악, 머무는 공간에서도 치유라는 화두가 다양하게 스며들고 있다.

　아마도 건조한 시대를 사는 현대인들에게서 쉽게 발견되는 스트레스, 우울증, 성공에 대한 무모한 욕구, 강박관념 등

을 잘 다스려 건강한 국가, 사회, 개인을 만들어 보자는 마음
에서 힐링 열풍이 불고 있는 듯하다. 그 틈새를 이용해 나도
손편지를 이용한 치유 글쓰기를 강의하며 사람들과 여러 감
정을 공유하며 만나왔다. 강의를 진행하면서 느낀 점은 많은
사람이 현재의 힘겨움만이 아니라 오랜 시간 자기 안에 내재
하여 있는 여러 설움과 분노를 다독이지 못하고 방치했던 후
유증으로 우울하게 현재를 살고 있다는 것이다. 그들이 쏟아
낸 글을 읽고 함께 아파하고 위로하느라 정작 내 안의 상처와
감정을 살피지 못해 한동안 힘든 시간을 보냈다.

　우리가 살고 있는 시대가 이전보다 경제적인 삶은 많이 풍
요해졌지만 피폐해진 감성과 내면에 잠재된 자신의 상처를
돌보지 못한 탓에 우리는 우울하고 아픈 것이다. 여기저기서
쏟아지는 힐링이라는 단어가 많이 들릴수록 우리가 사는 세
상과 사회도 건강하지 못하고 아프게 살고 있다는 증거다.

　어떤 형태로든 아프지 않고 사는 사람은 없다고 생각한다.
그것은 아마도 우리 눈에 보이는 우울이나 자괴감, 스트레스
라는 현실이 주는 상처에 집착하느라 통증이 생기는 본질에
집중하지 못한 탓이 아닐까 싶다. 상처의 치유방법은 본인이
가장 잘 알기에 적절한 방법으로 몸과 마음을 다스려 줄 착한
에너지를 찾아야 한다. 그 에너지는 사람마다 각자 다르게

찾아든다. 공부, 등산, 여행, 독서, 글쓰기, 영화 관람 등 여러 가지가 있겠지만, 개인적으로 추천하는 것은 집안에서 스스로 고립될 것이 아니라 부지런히 집 밖으로 나와 사람들과 만나며 숨통을 조금씩 열어 신선한 공기를 자기 안으로 들여보내는 것이다. 대부분 사람이 사람에게 상처를 주고받으며 살지만 결국 우리를 살리는 것은 온기 있는 사람의 손길과 마음이기 때문이다. 사람만이 희망이라는 그 말은 여전히 힘이 있다.

음악의 힘

상식을 벗어난 기이하고 놀라운 일이나 신의 힘으로 이루어지는 불가사의한 일을 우리는 '기적'이라고 한다. 오래전 '기적을 만드는 음악가 3인방'이라는 주제로 열린 지휘자 서회태의 특강을 들었다. 훤칠한 키와 부드러운 목소리가 아니더라도 충분히 매력이 있는 그의 강연은 뜻밖에 소탈하고 자연스러웠다. 강의를 듣는 사람들이 불특정 다수인지라 강의 눈높이를 맞추느라 클래식의 진지함을 걷어 내고 편안함을 앞세워 이야기하고 있었기 때문이다.

그날 그가 추천한 음악가는 많은 사람이 알고 있는 베토벤, 하이든, 모차르트였는데 음악은 몸이 아닌 마음으로 들어야 한다고 강변하고 있었다. 이미 여러 실험을 통해 나타난 음악의 힘이 사람뿐 아니라 자연에 미치는 영향에 대한 그의 설명에 깊이 공감할 수 있었다. 친절한 그의 강의를 듣고 난 후 평소 어렵게 느껴져 자주 듣지 않았던 클래식 CD 몇 장을 차 안에 챙겨두고 들으며 조금 더 가까워지려고 노력하는 중이다. 그것만으로도 내겐 새로운 변화인 셈이다.

요즘은 하이든의 매력에 빠져있다. 부드러운 카리스마에 아버지 같은 리더십을 가지고 있던 하이든은 어떤 고난에도 유머와 낙천성을 잃지 않았던 사람이었다고 한다. 그의 작품 〈놀람 교향곡 G 장조 2악장〉을 직접 감상하면서 음악에서 느껴지는 하이든의 위트에 저절로 미소가 지어졌다. 하이든의 음악을 이어폰을 통해 길게 듣기를 반복하면서 그가 자신이 속해 있던 구성원들과 후대의 팬들에게 사랑과 존경을 받는 이유를 조금 알 것 같았다. 어떤 종류의 음악을 듣는가에 따라 우리의 인생이 달라질 수 있을 정도로 음악에는 큰 힘이 깃들여 있다. 심미적 안정과 정신건강에 도움을 주는 클래식과 한층 더 가깝게 느껴져 두 눈을 감고 감상한 하이든의 놀람 교향곡 2악장은 6분이 겨우 넘는 시간이지만 그 여운은 길었다. 개인적으로 머리가 복잡하거나 우울한 기분이 들 때 자신이 좋아하는 클래식을 찾아서 들어보기를 권한다. 연약한 것을 강하게 만드는 것이 음악이라는 그 말을 기억하며 조금 더 진지하게 하루를 살아 볼 일이다.

살라, 오늘이 마지막인 것처럼

언제부터인지 한 주일을 계획하고 예비하며 살아가는 것
보다, 그저 하루하루 맡겨진 환경에 최선을 다하며 사는 것이
더 지혜로운 것이 아닌가 싶어졌다. 인간이 외롭고 고독한
이유는 내면의 상처를 부여잡고 일생을 가기 때문이라고 한
다. 그러니 우리 안의 낯선 감정이나 상처를 방치하지 말고
드러내어 스스로 토닥거려 주는 것이 필요하다. 요즘은 지나
온 자기 이야기를 글로 풀어내어 스스로를 돌아보는 치유 글
쓰기를 강의하는 중이다. 강의 준비를 하면서 나 역시 내면
치유에 대한 관심이 부쩍 늘었다.

감정이란 어떤 현상에 대하여 느끼는 심정이나 기분을 말
하는데 개인적인 생각이지만, 감정을 토해내는 가장 좋은 방

법은 글쓰기, 소리 내어 말하기, 노래 부르기가 아닐까 싶다. 그러니 가끔은 타인을 의식하지 말고 자신에게 맞는 편한 방법으로 감정을 표출해 우리 내면에 쌓여 있는 먼지를 털어내야 한다.

혹시 알프레드 뒤 수자의 「happiness」를 들어본 적이 있는가. 순간순간 자신의 감정과 현실에 충실하자는 메시지가 있어 누구나 쉽게 공감하며 가슴에 안기는 글이라 강의 시간에 자주 애용하는 시다.

춤추라, 아무도 바라보지 않은 것처럼
사랑하라, 한 번도 상처받지 않은 것처럼
노래하라, 아무도 듣고 있지 않은 것처럼
일하라, 돈이 필요하지 않은 것처럼
살라, 오늘이 마지막인 것처럼

지금 이 순간이 행복하지 않다면 우리의 내일 역시 행복할 수 없다. 그러니 우리 삶의 절정은 바로 이 순간이라는 것을 기억하며 열심히 살아가야 한다. 삶이란 내가 가치 있게 생각하는 욕구들을 이루어나가는 과정이 분명하니까.

마음에 저금하기

저금
                    시바타 도요

난 말이지,
사람들이 친절을 베풀면
마음에 저금을 해둬

쓸쓸할 때면
그걸 꺼내
기운을 차리지

너도 지금부터
모아두렴

연금보다 좋단다

　위의 시는 몇 해 전 지인에게 선물 받은 시바타 도요의 시집 『약해지지 마』에 실린 시인데 근래 들어 자주 읊조리게 되는 시이다. 103세로 일본 최고령 시인이었던 그녀의 시에는 지난 100여 년을 살아온 이야기가 담담하고 잔잔하게 스며있어 감동이 크다. 잘 알려져 있듯이 시바타 도요는 주방장이었던 남편과 사별 후 아들의 권유로 92세에 처음 시를 쓰기 시작했다고 한다. 그녀의 시를 읽으면 우리 주변의 소소한 일상도 시라는 도구를 통해 격언으로 승화되고 있다는 것을 알 수 있다. 오랜 시간 질곡의 삶에서 지혜롭게 역경을 이겨 낸 그녀이기에 완숙하게 빚어낼 수 있는 따뜻한 시다. 그녀의 시에 스며있는 유머감각과 삶을 대하는 긍정적인 태도가 호평을 받으며 많은 독자들을 만들어 냈다.

　우리 삶 속에서 저금해야 하는 것은 친절 이외도 주변 인연들과 교감하며 나누었던 따뜻한 마음과 감성 창고에 차곡차곡 쌓여있는 유년의 추억들이다. 또한, 서로를 위한 배려나 일이 주는 가치와 보람, 한여름 내리는 빗줄기 혹은 나뭇잎을 흔들고 가는 바람의 설렘까지 모두 마음속에 저금해 두어야 하는 소중한 것들이다. 우리도 멀잖아 현재나 미래의

일보다 지난날의 기억을 꺼내 들고 마음을 다독이는 순간과
종종 마주할 일이 생기기 때문이다.

감사함을 담은 시선

눈 돌려 보면 감사한 것들이 눈앞에 가득하다.

부족하게 안겨 주어 겸손하게 하고 능력보다 큰 사랑을 받게 하는 것도 감사의 이유로 충분하다.

내일 일을 알 수 없는 불안한 삶 속에서 지난밤을 무사히 보내고 아침을 맞이할 수 있는 것도, 보금자리를 5층에 허락해 계단을 오르내리며 운동할 수 있는 환경 또한 감사한 일이다.

두 아들과 남편을 가족으로 두고 홀로 여자라서 배려와 존중받으며 사는 것과, 선한 사람들과 동행할 수 있는 환경을 허락함에도 감사를 놓칠 수 없다.

살아가면서 무조건 앞으로 나아가려는 진보의 마음보다

조금씩 발전하기를 희망하는 진화의 마음을 더 우선시하게 한 것도 감사하다. 믿음의 공동체를 허락하여 천국이라는 선물을 소망하며 절제하며 살 수 있는 것과, 좋아하는 일을 하면서 작은 재능으로 여러 사람에게 희망을 줄 수 있으니 그것 또한 감사한 일이다.

예민한 감성을 허락해 작은 일에도 두루 관심을 갖게 하고 정의롭지 못한 방법으로 권력에 오른 사람을 따르기보다는 양심을 가지고 깨어있는 시민 되기를 소망하며 곧 사라져버릴 것에 욕심 갖지 않도록 부유함을 허락하지 않은 것도 충분히 감사한 일이다.

우리의 관심이 있는 곳에 시선 또한 머무는 법이다. 긍정의 눈으로 주변을 살피면 감사할 이유가 넘친다. 작은 것을 주었다고 섭섭해하면 그것마저 내 소유가 되지 못하고, 능력보다 큰 것을 받아 감당할 수 없어 겁먹고 있으면 발전할 기회마저 잃게 된다.

인간관계에서도 마찬가지다. 내게 상처를 준 사람이라고 비판하며 곁을 주지 않으면 시나브로 자기 안에 냉소적인 마음을 지니게 된다. 작은 실수가 반복되어 우리의 습관이 되지 않도록 특별히 마음을 써야 한다. 살다 보면 감사보다 불만이 앞서 찾아오는 경우가 대부분이지만 애써 그 마음을 다독이며 감사함을 먼저 보려고 노력해야 한다. 감사와 불만의 차이는 우리의 관점과 시선을 어디에 두느냐의 문제라고 생각한다. 일부러 마음을 다잡아야 하는 일들의 연속인 힘든 세상이지만 긍정과 감사의 마음으로 주변을 바라보는 습관을 지키는 것이 중요하다.

소유와 존재

    지난 밤 가깝게 지내는 지인들과의 모임 뒤풀이에서 우연히 시작된 복권 이야기가 늦게까지 화두였다. 그 모임의 일원이었던 60대 중반의 지인은 3등에 당첨된 적이 있다며 앞으로도 1등 당첨을 기대하며 복권 사는 것을 멈추지 않겠다고 했다. 자신이 오래전부터 매주 한두 장씩 복권을 산 금액을 합치면 아마도 3등 당첨금보다 많을 거라고 했다. 그날 모임에 참석했던 일행 중에서 반듯한 성격으로 경제적인 형편도 비교적 나은 편인 그가 지금껏 복권을 샀다는 사실이 조금 놀라웠다.

    전날 모임의 여파인지 나도 모르게 심리학자이자 사회 철학자인 에릭 프롬이 머릿속에서 둥둥 떠다니고 있었다. 그의 책 『소유할 것인가 존재할 것인가』는 이미 여러 토론 자리에서 도마 위에 오르는 먹잇감이다. 다양한 사상적 배경을 가진 그가 평소 사회문제에 많은 관심을 가지고 쓴 이 책을 몇 번 뒤적거렸던 기억이 있다. 옅어진 기억 때문인지 그의 메시지는 한곳에 모여 있지 못하고 내 생각의 어디쯤을 떠돌고 있다. 그의 말처럼 살면서 소중하다고 여기는 것들을 내 손안에 부여잡고 모으는 것에 집착할 것인지 아니면 소유와 집착의 방식이 아닌 내게 머무는 양만큼으로도 이미 넉넉해지는 마음을 택할 것인지 일상을 사는 우리에게는 고민이 아닐 수 없다.

직장에서 근무하다 보면 형편상 혼자 먹어야 하는 점심시간이 늘 즐거울 수는 없다. 그런 이야기를 듣고 언제부턴가 식사시간이 가까워질 무렵이면 식사 여부를 확인하는 고마운 지인이 있다. 응당 점심을 책임져야 할 이유가 있는 것처럼 보살피며 이것저것 먹을 것을 챙긴다. 처음에는 자주 만나는 사이라서 그러려니 했는데 시간이 지나면서 그녀는 이미 소유를 넘어서 자신의 존재로 만족하며 두루 행복해지는 삶의 가치를 알고 있다는 생각이 들었다. 그래서인지 바쁜 그녀 주변에는 늘 사람들이 북적이고 그 자리는 온화한 그녀의 미소를 닮은 듯 즐겁고 환하게 빛난다.

사람들은 마음에 드는 사람이나 물건을 보면 그 대상을 구속해 자기 울타리 안에 두고 지배하려고 애쓰는 경우가 대부분이다. 아마도 욕심이라는 본성이 존재보다는 소유의 삶으로 우리를 끌어들이는 게 이 사회의 현실이고, 우리의 욕망과 허영심을 부추겨 목표를 성취하는 것에 익숙해져 있기 때문인 것 같다. 사실 소유가 우리 삶을 그리 크게 지배하는 것은 아닌데도 우리가 그것을 인정하지 않으려 하는 것은 아마도 이 시대가 각자의 소유에 따라 다르게 대접하고 대접받고 있기 때문일 것이다. 그렇기에 많은 이들이 존재보다는 소유 중심의 삶에 연연하는 게 아닐까 싶다. 삶의 가치를 조금 여유롭게 확장시켜 놓는다면 우리의 존재론적 삶의 무게에 더 집중할 수 있을까.

우리에게 필요한 용기

'이기주의란 내가 원하는 대로 사는 것이 아니라 타인에게 내가 원하는 방식으로 살라고 강요하는 것이다.' 오스카 와일드의 말인데 공감이 된다. 대부분 사람은 상대가 나와 같은 생각을 해야지만 소통이 된다고 생각한다. 그것만큼 이기적인 것은 없는 것 같다. 타인의 생각을 나에게 맞추라는 것이 얼마나 큰 욕심인가. 여러 문제를 파생시키는 끼리끼리 문화가 생기는 것도 지독한 이기심에서 시작된 것이라고 생각한다.

매일 아침 뉴스를 통해 듣는 무서운 사건들을 보면 이 시대에 정말 필요한 것이 용기가 아닌가 싶다. 삭막한 시대를 살다 보니 당연한 것을 말하는 것에도 큰 용기가 필요하다는 사실이 안타깝다.

얼마 전 비슷한 또래의 지인은 퇴근길에 자신이 당한 황당한 일을 흥분하며 이야기를 시작했다. 조금 늦어진 퇴근길에 마음이 조급해 부지런히 걷고 있는데 앳된 목소리로 누군가 부르더란다. 아는 사람인가 싶어 뒤돌아보니 중학생으로 보이는 남학생 두 명이 부탁이 있다기에 가던 길을 멈췄다고 한다. 곧이어 "아줌마, 죄송한데 담배 좀 사다 주세요. 저쪽에서 무서운 선배들이 사오라고 시켰는데 마트에서 우리한테는 팔지 않아서 그래요. 잔돈은 아줌마 드릴게요." 하면서 오천 원을 내밀더란다. 기가 차기도 하고 황당해서 "어린놈들이 지금 뭐하는 거냐?"고 목소리를 높였더니 앳된 녀석들이 갑자기 "싫으면 말지, 아줌마가 뭔데 소리를 지르는 거냐?" 면서 주먹에 잔뜩 힘을 주기에 못 본 체하고 뒤돌아 걷는데 가슴이 떨리고 다리가 후들거렸다고 한다. 그 후로 그 길을 걸어 퇴근하는 일이 무서워졌다고 했다. 만약 그런 일이 내게 생긴다면 과연 어떻게 대처했을까 생각해봐도 그 사람과 별반 다르지 않을 것 같다. 언제부터인지 어른들은 비행 청소년들을 훈계하는 것도 망설이게 되었고 아이들 역시 더는 어른들을 어려워하지 않는 것이 안타깝지만 슬픈 현실이 되었다.

지난 '세월호 사건'으로 대한민국이 온통 침잠되고 떠들썩했지만 많은 사람은 그 사건으로 인해 우리 사회에 어떤 변화가 있을 것이라고 예상했다. 그러나 잠시 높아졌던 목소리는 이내 담담해져 각자의 일상으로 돌아가고 또 다른 한쪽에서는 지지부진 잊히기 바라는 눈치였다. 인간들이란 자기 문제가 아니면 쟁점이 되는 그 순간에만 잠시 집중하다가 금세 시선을 돌리는 연약한 존재다. 그들이 다시 지루한 일상으로 돌아갈 수밖에 없는 현실을 탓할 수도 없다. 광장으로 나가 목소리를 높이는 것도 중요하지만 두려움을 버리고 주변의 작은 일에서부터 용기를 가지고 목소리를 키우는 것이 중요하다.

그녀의 첫 경험

조금 망설여지긴 했지만 당당하게 옷을 벗었다. 어차피 벗어야 하기에, 아니 벗으려고 온 것이기에 거리낄 것도 없었다. 게다가 이곳에서는 누구나 옷을 벗어야만 목적을 향해 달려갈 수 있는 곳이 아니던가. 주위를 둘러보니 모두 실오라기 하나 걸치지 않은 벌거숭이가 되어서도 부끄럽기는커녕 마치 시골 장터처럼 소란스러울 뿐이다.

일부러 근처에서 시설이 제일 좋다는 곳을 찾았다. 옅은 미소를 짓고 있는 그녀였지만 구릿빛 얼굴에서는 긴장한 기색이 고스란히 드러났다. 나 역시 속으론 살짝 긴장하던 터였다. 태연한 척 씩씩하게 옷을 벗어 던진 나와는 다르게 그녀는 마치 팔려온 몸종이 주인의 허락을 기다리는 것처럼 잔뜩 주눅이 들어 바들바들 떨기까지 했다.

"빨리 벗어요, 처음에만 부끄럽지 금방 괜찮아져요" 나의
재촉에도 벌 받는 어린아이처럼 다소곳한 그녀는 미동도 하
지 않고 서 있을 뿐이다. 그 모습이 귀여워 그녀에게 다가가
니 흠칫 놀라며 벗은 내 몸을 곁눈질로 살피기 시작했다. 잠
시 후 나를 돌려세운 그녀가 용기를 내어 옷을 벗기 시작한
다. 드디어 헐렁한 옷에 가려졌던 그녀의 속살이 드러났다.
만삭인 그녀의 배는 마치 큰 바가지를 엎어 놓았거나 풍선에
바람을 잔뜩 불어 넣은 것처럼 잔뜩 솟아올라 있었다. 그 모
습을 보니 저절로 웃음이 났다.

베트남에서 한국으로 시집와 아이를 낳고 행복하게 사는
그녀는 건강가족 지원센터에서 지원하는 다문화 가정 멘토
링 사업을 통해 만난 친구다. 알뜰하고 싹싹한 그녀는 어느
새 7년 차 엄마가 되었다. 결혼 초 일주일에 한 번씩 만나면
서도 쉽게 마음을 열지 못해 서먹하던 우리가 마음을 열 수
있게 된 것은 아마도 그녀의 첫 경험에 내가 동참했기 때문이
라고 지금도 생각한다. 그 당시 자신의 아내와 함께 목욕탕
에 다녀와 주길 바란다는 그녀의 남편 전화를 받고 조금 당혹
스러웠다. 평소 가까운 친구와도 함께 다니지 않던 나였기에
그 일이 부담스럽게 느껴졌다. 하지만 그녀가 한국생활에 잘

정착할 수 있도록 돕는 생활 코디로 봉사를 하는 처지라서 외면할 수도 없고 난감했다.

자신의 몸을 씻는 문제까지도 다른 사람의 눈치를 보아야 하는 그녀에게 측은지심이 생겼다. 대중탕이라는 문화가 없는 곳에서 살아온 그녀로서는 몸을 씻기 위해서라도 낯선 문화와 사람들 틈에서 옷을 벗는 게 쉬운 일이 아니었을 것이다.

한국으로 시집온 지 겨우 8개월밖에 되지 않아 모든 것이 낯설었던 그 당시에 그녀가 다른 사람들 앞에서 옷을 벗는 일이 당혹스러웠을 터인데 그녀는 현실을 인식하고 용감하게 미지의 세계를 향해 문을 열고 들어섰다.

그곳엔 이미 많은 벌거숭이들이 자리를 잡고 앉아 몸을 씻고 있었다. 문을 열고 들어선 순간부터 그녀는 어미 소를 따라온 송아지처럼 내게 찰싹 붙어 앉아 눈치를 살피며 그대로 따라 하려고 애를 썼다. 샤워기로 몸을 씻어내고 거품을 내어 헹구는가 싶더니 어느새 앞에 달린 거울을 통해 다른 사람들을 구경하느라 정신이 없다. 그 모습을 훔쳐보자니 웃음이 절로 나왔다.

외모와 피부색이 조금 달라 보이고 아직 앳된 외모인데 만삭인 것이 불안하고 신기해 보였는지 주위에서 관심을 보이며 어디에서 왔는지, 몇 살인지, 출산 예정일은 언제인지, 이 것저것 질문이 쏟아지자 당황한 그녀는 겁먹은 눈빛으로 내게 구원 요청을 보냈다. 그녀가 당황하지 않도록 따뜻한 미소를 지어 보였다. 급기야 나이 지긋한 할머니 한 분은 옆에 자리 잡고 앉아 어린 손녀에게 하듯 그녀의 등을 밀어주고 만삭의 배를 보며 아들, 딸을 점치기까지 한다. 긴장한 탓인지 그녀의 얼굴은 굳어 있었다.

통계청 자료에 의하면 신혼부부 10쌍 중 1쌍이 국제결혼을 하고 있는 실정이라고 한다. 우리나라에 살며 한국 사람의 아기를 낳고 사는 그들은 더 이상 이방인이 아니다. 한국 사회의 어엿한 구성원이라는 소속감을 길러주어야 한다. 결혼을 목적으로 한국에 온 그들에게 빠른 적응과 안정적 정착을 위해 세심한 관심이 필요하다. 그녀들이 행복해야 우리의 미래도 행복할 수 있기에 편견 없이 그들을 받아들이고 배려해주어야 한다. 하지만 때때로 우리의 지나친 관심이 그들에게는 마음의 상처가 될 수 있으니 지혜롭게 다가가야 한다.

그녀가 그렇게 첫 경험을 시작한 지 30분이 채 되지 않았는데 덥다며 나가자고 졸랐다. 아마도 여러 사람들의 시선과 관심이 부담스러웠던지 밖을 나오자마자 물기가 채 마르지 않은 몸에 급하게 옷을 입느라 애를 쓴다. 빨리 이곳을 벗어나고 싶은 눈치다. 첫 경험을 무사히 치러낸 그녀에게 잠시 숨을 고르라며 찬 음료수를 건넸더니 단번에 마셔 버렸다.

"지금 기분이 어때요?" 나의 질문에 대답 대신 빙그레 미소를 지어 보였다.

무슨 일이든 처음이 어렵지 막상 시작하고 나면 그다음은 쉬운 법이라는 것을 어느새 그녀도 알게 되었나 보다. 이후로 종종 목욕하러 가자며 전화를 하더니 이젠 더 이상 전화를 하지 않는다. 한국 문화에 적응된 그녀는 이따금 맛깔나게 한국음식을 만들어 놓고 식사 초대를 한다.

딸의 서툰 양육을 도와주기 위해 몇 차례 한국을 방문했던 그녀의 어머니가 며칠 후면 다시 베트남으로 돌아간다. 수고한 엄마를 위한 그녀의 깜짝 선물은 나와 함께 목욕탕 가는 것이라고 귀뜸해준다. 나에게 양해도 구하지 않고 준비한 선물이지만 기꺼이 그녀의 어머니에게도 새로운 경험을 선물할 작정이다.

말은 통하지 않았지만 짧은 기간 딸을 사이에 두고 만나면서 정이 흠뻑 들었던 그녀의 어머니를 향해 웃으며 물었다 "우리 옷 벗으러 갈래요?" 깔깔거리며 통역을 하는 딸을 바라보던 어머니의 얼굴이 붉은 단풍잎보다 더 빨갛게 물들어 간다.

누군가의 그늘이 될 수 있다면

연초 수첩에 적어놓았던 드림 리스트 중의 하나인 '홀로 여행하기'를 마치고 돌아왔다. 익숙한 고향 주변의 아름다운 길을 몇 군데 돌아보았다. 산티아고 순례길과 제주 올레길의 영향으로 지역마다 둘레길이 유행이라더니 정말 곳곳마다 풍경이 근사한 걷는 길이 잘 조성되어 있었다.

고향인 충주로 내려가 가장 먼저 걷기 시작한 곳이 충북 괴산의 '산막이옛길'로 2010년 만들어진 이 길은 옛날 지게 꾼들이 걷던 길이었다. 괴산호를 끼고 산막이 마을까지 새롭게 조성되어 옛 정취와 향수를 느낄 수 있는 아름다운 길에는 이미 많은 사람이 줄지어 걷고 있었다. 길을 걷는 사람들 대부분 주위 풍경을 둘러보기보다는 마치 걷기 대회에 나온 사람들처럼 바빠 보였다. 쫓기듯 바쁘게 걷는 사람들 틈에서 속도를 늦추고 호수가 바라다보이는 전망대 그늘에 앉아 반짝이는 햇살을 올려다보는데 정체를 알 수 없는 묘한 감정이 꿀렁인다. 잠시 얼굴로 가볍게 와 닿는 바람결을 느끼며 휴식을 하자니 새삼 그늘의 소중함이 깊게 다가선다.

삶의 고비마다 그늘 같은 사람이 간절히 필요한 순간이 있다. 그늘이 없는 사람은 향기가 없는 사람이다. 우리는 홀로 사는 것이 아니라 누군가의 무엇으로 존재하며 살아가고 있다. 누군가의 가족, 선생님, 친구, 직장동료, 선후배, 제자로 말이다. 그렇게 조금씩 심미적 거리를 유지하면서 서로의 그늘이 되어 선선함을 나누며 살면 우리의 삶은 조금 더 청정할 것이다. 살면서 누군가의 그늘이 되어보지 않고는 그늘이 주는 편안함과 감사함을 알 수 없다. 내가 누군가의 그늘이 되어 그 사람의 햇살을 돋보이게 하고 때로는 상대가 나의 그늘이 되어 지친 나에게 쉼을 허락해주면서 사는 게 순리이지 싶다.

천천히 산막이옛길을 걸으며 무엇이든 자연스러운 것이 좋다는 생각이 새삼스레 들었다. 많은 사람을 불러 모으기 위해 인위적으로 꾸며놓은 화려함에는 큰 감동이 생기지 않았다. 길가에 핀 이름 모를 야생화, 반짝거리는 호수의 잔잔

한 물결, 나무와 나무가 부딪치며 내는 바람 소리, 파란 하늘
을 돋보이게 하는 하얀 구름조각에 더 마음이 가고 사랑스러
웠다. 서정적이고 자연스러운 풍경들을 보면서 저절로 그런
소박한 사람으로 살고 싶어진다. 화려하거나 세련되지 않아
도 상대에게 편안함을 선물할 수 있는 그늘과 같은 사람이 그
리운 이유다.

소소한 행복

　한동안 어두운 터널 속을 걷는 것 같아 답답하고 지루했
는데 그 시간을 견디고 나니 다시 맑아지는 게 참 좋다. 어디
론가 훌쩍 떠나 낯선 바람과 풍경을 만나고 싶지만 겨우 견
딜 수 있을 정도의 일이 있는 것도 나름 괜찮다. 치유되지 않
을 것 같은 상처를 준 사람에게 눈길조차 주지 않으려 했지만
막상 마주치면 먼저 미소 짓는 여린 심성의 내가 은근 마음에
든다.

　마주 앉은 사람에게 나의 속마음을 감추지 못하고 고스란
히 드러내는 적당히 어설픈 것도 마음에 들고 안일하게 지내
지 않도록 자주 마음을 뒤척이게 하는 예민한 가족과 지인들
이 있으니 그것 또한 삶의 활력이 되어준다. 하나의 달란트

를 많은 사람과 나눌 때 느끼는 부족함을 알고 공부하게 하는 얕은 지식도 감사하고, 사람들과 교제하면서 상대의 마음을 먼저 헤아리려 하는 배려의 마음이 내 안에 있어 참 좋다.

지금까지 상대를 먼저 배신하거나 외면하고자 하는 마음과 용기가 없어서 다행이다. 값비싼 선물보다 몇 줄 안 되는 손편지나 소소한 선물에 더 감동하는 순수함이 남아 있는 내가 멋있다. 상대를 현혹하는 화려한 말솜씨는 없지만, 마음이 담긴 글로 상대를 움직이게 하는 작은 재주가 있어서 좋고, 반짝반짝 빛나는 화려한 조명이 아니라 은은한 달빛 아래에서 도란도란 이야기 나누는 것을 즐기는 감성을 품고 있어서 다행이다. 나이가 들어도 가슴 안에 새로운 꿈을 가지며 도전하기를 주저하지 않는 열정이 있어 행복하다. 가끔은 소심한 성격 때문에 아파서 울기도 하지만 여전히 그런 어설픈 나를 사랑한다.

이렇게 별것 아닌 작은 것들이 모여 나라는 인격체가 되었다. 할 수만 있다면 사랑을 베풀면서 은혜 안에 머무는 사람으로 살고 싶다. 물론 어려운 일이지만 그렇게 살 수 있다면 우리의 마음은 안정화된 평화의 상태, 늘 질서가 잡힌 상태가 지속될 수 있을 것이다. 지금 이런 소소한 이야기를 나눌 수 있는 그대와 인연이어서 다행이다.

운명의 바람

　우리가 사랑이라는 감정에 집착하고 열정을 쏟는 이유는 그 영원할 것 같은 사랑도 언젠가는 물거품처럼 사라질 거라는 것을 알기 때문이다.

　친구들과 뮤지컬 <카르멘>을 보고 왔는데 여운이 길게 간다. 스페인의 조그만 마을을 배경으로 한 작은 무대에서 강렬한 플라멩코, 배우들의 다양한 몸짓, 그리고 그들의 삶이 담긴 노랫말이 전해주는 메시지를 즐기고 왔다.

　카르멘과 호세, 그들에게 사랑은 피할 수 없는 유혹이며 가질 수 없는 심장이었다. 원작의 카르멘과는 조금 다르지만, 열정의 여인 카르멘에겐 치명적인 매력이 있는 게 분명하다. 이번 뮤지컬 카르멘은 카르멘, 호세, 카타리나, 가르시아,

이 네 명의 강렬한 사랑과 운명을 현대적 감각으로 재해석한 뮤지컬로 많은 이들에게 사랑받고 있다. 이들은 모두 자신만의 방법으로 사랑을 갈구하고 있는데 매혹적인 사랑, 순결한 사랑, 순박하고 우직한 사랑, 소유욕이 지나쳐 난폭한 사랑 등 각기 다른 색채의 사랑을 드러내고 있다. 사실 사랑이라고 이름 지어진 이 다양한 색채는 어쩌면 우리 안에 숨겨져 있는 본성이기도 하다. 우리 내면의 샘에서 걷어 올리는 그 양에 따라 색채가 다르게 보일 뿐이다. 짙은 화장과 화려한 의상 속에 감추어져 있는 것은 자유로운 영혼과 욕망이 아니라 연약한 그녀 자신이었는지도 모르는 일이다. 욕망에 사로잡힌 남자들에게서 그녀가 자신을 지키는 방법은 끝까지 마음을 내어주지 않는 것이 방어였던 것 같다.

불같은 사랑은 진정한 사랑이 아니라는 청순한 카타리나, 서로를 지켜주고 바라보다가 언젠가는 식어버리는 것 역시 사랑이 아니라는 매력적인 카르멘, 두 사람의 환경과 삶이 다르기에 사랑에 대한 정의가 다른 것이지 그 누구의 사랑이 틀렸다고 말할 수는 없다.

나도 가끔은 그런 사랑을 꿈꾼다. 무모해 보이더라도, 단 하루만이라도 그 사람이 아니면 미칠 것 같은 불같은 사랑의 여주인공을 꿈꾸며 상상해 본다.

그들의 사랑이 결국엔 비극으로 끝나는 뮤지컬 카르멘을 보고 집으로 돌아오면서 잠시 사랑에 대해 생각해보았다. 아마도 뮤지컬의 처음 시작을 알리는 주술사의 노래에 그 정답이 있지 싶었다.

"우린 알 수 없지, 운명의 바람이 어디로 향할 진 누구도 모르지.
우린 볼 수 없지, 운명의 마음을, 우릴 거스르며 흐르는 인생을, 이제 시작해봐, 너의 이야기를~~"

알 수 없는 게 인생이라고 우리는 자주 이야기한다. 그 운명의 바람이 어디서 어디로 불지는 아무도 모르는 일이니까.

ARE YOU OK?

아주 오래전 자신에게 찾아온 십자가가 버거워 사랑하는 제자 세 명을 데리고 겟세마네 동산에서 두려움에 떨며 기도하던 예수님을 생각해본다. 할 수만 있다면 순간순간 그 잔이 당신을 비껴가기 원하며 제자들도 함께 자신을 위해 기도해주길 바라던 예수님의 마음을 조금은 알 것 같았다. 그러나 제자들을 의지하고 싶었던 예수님의 간절한 바람에는 아랑곳없이 잠들어 있던 제자의 모습을 보며 어떤 생각을 하셨을까. 특별히 더 믿고 아끼던 제자들이기에 위로와 힘을 얻고 싶어 기도 중 몇 번이나 되돌아와 부탁하셨던 것이다. 그러나 잠시 후 펼쳐질 일에 대해서 아무것도 몰랐던 제자들은 피곤한 몸을 핑계로 지쳐 잠들고 말았다. 제자들은 앞으로 일어날 일에 대해 알 수 없었기에 자신들을 질책하는 예수님의 속마음을 가늠할 수 없었다. 그런 것처럼 인생 여정을 미리 예견할 수 있다면 우리는 하루하루를 헛되이 보내지 않고 현명하게 살 수 있을 것이다. 누군가에게 힘이 되는 존재, 그리고 나에게 힘이 되는 존재는 과연 무엇이고 또 어떤 사람인지 생각해보게 된다.

오래전부터 매일 새벽 정해진 시간에 SNS(Social Network Service)로 성경 구절을 보내주는 친구가 있다. 처음 얼마간은 몇 줄 안 되는 구절이지만 외면할 수 없어 눈으로 훑어보기만 하다가 이제는 간단한 답문으로 인사를 대신하고 있다. 바닥으로 가라앉은 나를 안타까워하는 그녀가 내민 구원의 손길이라는 것을 눈치챘기 때문이다. 어느 순간부터 그녀가 보내는 몇 줄의 성경 구절이 자꾸 떠오르는 것은 어쩌면 침잠하여 갈피를 잡지 못하던 내가 다시 고개를 들기 위한 민감한 신호일지도 모른다.

우리는 모두 홀로 살 수 없는 위태로운 존재들이다. 종교의 유무와 관계없이 외롭고 부족한 존재들이라 의지할 대상을 찾아 이리저리 다니는 것인지도 모른다. 그 의지의 대상은 종교, 사람, 물질의 소유, 취미…… 등 사람마다 모두 다르다. 그게 무엇이든 본인이 충만해지는 곁을 찾아 헤매지만,

의지의 대상이 자주 바뀌지 않는 것은 점차 삶의 본질이 무엇인지 희미하게나마 알게 되었기 때문이지 싶다.

　어스름하게 어둠이 스며있는 이른 새벽 창문을 열어보니 바람은 여전히 차갑다. 하늘이 허락한 시간을 걷다 보니 우리 인생이 짧다고는 하지만 제대로 살기에는 충분히 길다는 생각이 문득 든다. 사는 동안 서로가 서로에게 곁이 되고 길잡이 같은 등대가 되어 인생의 동반자로 사는 것은 어떨까. ARE YOU OK?

대박의 의미

'대박'이란 어떤 일이 크게 이루어짐을 비유적으로 이르는 말이다. 큰 이득을 비유하는 의미로 쓰이는 이 단어는 이미 우리 생활 깊숙이 침투해 어른이나 아이 할 것 없이 자연스럽게 쓰고 있다.

삶 속에서 소유의 넉넉함을 확보했다고 꼭 행복한 것이 아니라는 것을 잘 알지만, 여전히 많은 사람은 일상에서 물질의 풍부함을 의미하는 '대박'을 기대하고 있다. 나는 왠지 대박이라는 그 단어가 마음에 들지 않는다. 개인적인 생각이지만 대박이라는 단어에서 수단과 방법을 가리지 않고 부를 얻고자 하는 풍조가 만연해 보이기 때문이다. 또한, 자신의 노력과 정당한 방법으로 얻은 결과물이 아닌 그저 횡재한 큰돈이라는 느낌으로 먼저 다가온다. 그 단어에는 왠지 수많은 쪽박의 슬픔이 깔린 것 같아 마음이 불편하고 물질 만능주의를 부추기는 것 같아 서글프다. 간혹 뉴스를 통해 복권 당첨자들의 이야기를 듣게 되는데 1등으로 당첨되는 대박이 탄생하기까지는 많은 숫자의 쪽박들이 희생되었다는 생각이 든다.

우리가 탐심에 자유롭지 못한 이유는 아마도 미래가 불안하고 소유의 크기에 따라 대접이 달라지는 사회의 현실이 한몫 거들고 있기 때문이다. 나 역시 이왕이면 소유가 넉넉했으면 좋겠다는 생각을 하지만 그것은 생각일 뿐이지 내 노력 이상의 대박을 기대하지 않는다. 불확실한 시대를 살고 있으며 내일 어떤 바람이 불어올지 알 수 없기에 소유에 집착하게 된다. 소유는 사실 나눔과 소통의 대상이지 품어야 할 것이 아니라는 것을 잘 알고 있지만, 현실의 주머니가 늘 텅 비어 있기에 우리는 탐심에서 벗어나지 못한다.

어제 아침 출근길에 아파트 입구에서 보라색 제비꽃 무리가 눈에 들어왔다. 잠시 쪼그려 앉아 피어난 꽃들을 보는데 마음에 평화가 찾아들었다. 최빈국에 사는 사람들의 행복지수가 가장 높은 이유는 자신들의 작은 소유를 나눔과 소통의 대상으로 생각하기 때문에 탐심에서 자유로운 것이라고 한다. 살면서 혹여 조금 손해 본다는 생각이 들더라도 마주치는 사람들에게 넉넉한 마음으로 내어주어 나눔의 지경을 넓혀보는 것은 어떨까.

삼일절 아침

　3월이 시작되니 창밖 공기에도 제법 온기가 묻어난다. 며칠 황사로 시야가 좁아졌지만 새롭게 시작하는 3월에는 알 수 없는 기대감이 밀려들어 기분이 좋아진다.

　1919년 3월 1일 독립운동을 기념하기 위하여 제정한 국경일인 삼일절 아침이라 장롱 깊이 넣어 두었던 태극기를 꺼내 들고 베란다로 나가 한쪽 귀퉁이에 내걸었다. 마침 거실 소파에 앉아있던 아들에게 삼일절의 의미를 설명해 보라고 했더니 간단하게 이야기하더니 어른들은 모르고 자기들만 아는 삼일절이 있는데 그것은 '31세면 절망'이라는 뜻으로 경쟁에서 살아남기 어려운 직장인의 현실을 비유적으로 이르는 신조어라고 말한다.

일자리조차 마련하지 못해 일상이 제대로 펼쳐지지 않아 불안한 젊은이들은 우리 민족의 독립운동을 기억하는 것보다 당장 자신들이 살아갈 불확실한 미래가 두렵고 절망스럽다는 신조어가 더 크게 와 닿는다고 했다. 그 말을 듣고 바람에 휘날리는 창밖의 국기를 바라보자니 깜깜하고 무정한 세상에 대한 염려와 함께 진정한 애국심은 과연 무엇일까 하는 생각이 들었다.

나라를 위해 스러져간 애국 영령들을 향해 감사한 마음을 가지고 일상에서 최선을 다해 사는 것도 애국이다. 목숨까지 내어놓았던 그들의 숭고한 희생을 깊이 깨닫지 못한 채로 살아가던 일상에 미안함이 깊게 파고들었다. 나라를 사랑했던 그들의 숭고한 용기 덕분에 우리가 편안하게 자유를 누리고 사는 게 분명하다. 두려움을 넘어선 그들의 애국심은 분명히 자신과 연약했던 국가에 선한 영향력을 끼쳤다고 생각한다.

각박한 세상에서 시대의 주역이 되어야 할 젊은이들이 시작도 해보기 전에 절망을 먼저 이야기한다는 것은 슬픈 일이다. 이건 개인의 문제가 아니라 국가의 문제이고 위기라고 생각한다. 그들이 꿈을 펼치고 밝은 미래를 바라보며 온전한 사회인으로 살아갈 수 있는 디딤돌을 만들어주는 것이 기성세대가 할 일이다. 올바른 비전을 제시해주지 못하고 혼란스러운 정국으로 온통 흔들리는 나라가 된 것에 대한 침묵을 각성하는 것에서부터 애국은 시작된다.

우리가 서 있는 공간과 그 주변에서부터 아픔과 차별과 불의가 없도록 노력하는 것이 중요하다. 누구나 자신의 위치에서 역할을 다하며 주변을 아름답게 확장시켜 나가는 것도 애국의 한 단면이다. 버거운 사회에서 힘들어하고 있는 청년들에게 한 발짝 먼저 다가서서 장래가 기대되는 야무진 씨앗이 되어주는 것은 어떨까. 애국의 열린 마음으로 말이다.

경고장

　며칠 전 사진 모임 친구들과 골목이 아름다운 옆 동네로
산책을 다녀왔다. 가파른 계단에 예쁜 그림으로 생명을 불어
넣어 정감 있는 동네가 산뜻하게 눈에 들어왔다. 담장마다
능소화가 흐드러진 그곳의 골목길을 걷다가 담벼락에 붙어
서 지나는 이들의 시선을 낚아챈 재미있는 경고장을 발견했
다. 어르신 필체의 경고장을 보며 우리는 그 자리에 서서 깔
깔거리며 한바탕 웃었다.

　제활용 쓰래기 버리다 즉발되면 즉시 고발조치함.
　반듯이 잡고 말겠음

남에 집 대문에 쓰레기 검정봉투 버리지 마시오.
만약 걸리면 고발하겠음. 책임 못짐
제발 부탁합니다.

군데군데 맞춤법이 틀린 재미있는 경고 문구는 정감 있는 그 작은 동네를 똑 닮아 있었다.

위트가 담긴 여러 개의 글귀를 보면서 문득 '배려'라는 단어가 떠올랐다. 혹시 어르신께서 경고의 마음은 담고 있지만 읽는 사람의 기분을 배려하며 일부러 재미있게 쓴 것은 아닐까 하는 생각이 들었다. 약간은 촌스럽지만, 위트가 살아있는 그런 경고장이 오히려 친근한 풍경으로 다가서는 것 같아 반가웠다.

요즘 들어 동네마다 골목들이 발 빠르게 정비되고 있다. 덕분에 골목은 깨끗해졌고 다양한 색깔의 옷을 입어 산뜻하게 변신했지만 그런 골목들을 지나다 보면 오히려 생각이 많아진다. 옛것을 잃지 않는 범위에서 골목이 새로운 문화로 덧입혀지기 바라는 우리의 생각과는 다르게 사업성을 입고 접근하다 보니 매력을 품고 있던 골목이 차별성과 다양성을 잃고 골목마다 비슷해져서 안타깝다. 이제는 오히려 자연스럽던 본래의 무채색 골목풍경이 그리울 정도다. 알록달록하게 꾸미기보다는 골목을 깨끗하게 청소한 후 동네만의 고유

한 전통을 찾아 마을지도를 만들거나, 마을 어르신들에게 골목 청소구역분담과 함께 약간의 수고비를 지원하며 자신이 사는 동네에 애정을 갖게 하는 것은 어떨까 싶다. 골목을 정비하고 단장하는 일에 외부 활동가들을 섭외해 사업으로만 접근할 게 아니라, 그곳을 가장 잘 알고 있는 주민들과 협력의 관계로 진행되어야 길게 갈 수 있다.

배려는 상대와 공감하며 그 사람의 가치를 발견하는 일이다. 깨끗한 골목길에서 마주치는 재치 있는 경고장에서 삭막함을 느끼는 것이 아니라 오히려 오래된 골목길이 주는 정감을 발견할 수 있어 행복했다. 인위적으로 단장한 골목의 변화는 시간이 지나면 또 다른 공해를 몰고 올 수 있다. 그 골목이 담고 있는 마을 이야기를 놓치지 않고 정갈하게 만들려면 진지하게 고민해서 진행해야 한다. 재미있는 경고장이 붙어 있기에 자꾸만 눈길이 가는 그 골목에 서보니 문득 사람들의 마음을 끌어당기는 주인공이 누군지 궁금해졌다. 머지않은 시간에 이곳에 다시 들를 것 같은 예감이 들었다.

내안의 적

성경을 읽다 보면 '믿음은 바라는 것들의 실상'이라는 구절이 있다. 물론 생각하기 나름이지만 '믿음'은 눈에 보이지 않기에 그저 간절한 마음으로 하루하루를 살아가는 현실의 총체라고 할 수밖에 없다. 그래서 우리가 현실에서 성실하게 살다 보면 결국에는 소망하는 것들의 실체를 만날 수 있다는 희망으로 살아가는 것이다.

누구나 평화롭게 살고 싶어 하지만, 그것이 우리의 바람대로만 되지 않는다는 것을 잘 알고 있다.

만약 마음에 들지 않는 상대와 한 공간에서 생활해야 하는 어쩔 수 없는 상황이라면 어떻게 하는 것이 옳을까. 나름대로 인간관계의 균형을 잘 맞추며 살아가고 있다고 생각하는 내게도 곁을 내어주기 버거운 상대가 있다. 가끔은 그 사람 때문에 곤고해지고 견고한 성벽과 마주하고 있는 것 같아 우울이 깊어진 적이 있었다. 사람의 본성이야 제각기 다르게 태어나기에 조율하면서 살 수 있지만 어떤 목표를 향한 관념이 다르면 충돌이 잦을 수밖에 없다. 어느 한쪽이 먼저 지쳐 관계가 끊어지게 되고 더 이상의 동행이 힘들어진다. 내가 상대를 힘들어하면 그 사람도 나 때문에 버거울 거라는 그 마음을 미루어 짐작하기에 쉽게 결단하지 못하고 속 끓이는 시간만 길어지게 된다.

요 며칠 이런저런 생각들로 심신은 지쳐있지만 다시 힘을 내어 하나하나 풀어가려고 한다. 그래야 훗날 초라한 뒷걸음으로 사라지는 일이 없을 것이라고 믿기 때문이다. 지금 당장은 버겁더라도 용기를 내어 무의식 속에 잠재하고 있는 긍정의 총체를 불러들여 창작으로 전향시키는 것만이 이기는 것이라고 생각한다.

자신을 다독이며 아픔을 소화하는 것이 정답일까. 모든 문제의 답은 결국 자기 안에 있고 감정을 조절하는 것도 내 마음이니 적 또한 내 안에 있는 것이다.

말랑말랑한 힘

　세상 사람들이 간절하게 원하는 열망의 복보다는 소소한 삶의 일상에서 평안을 바라는 청복淸福이 더 중요하다는 것을 알게 되었다. 힘듦 가운데서 누리는 평안과 자족의 마음인 그 말랑한 힘을 믿기 때문이다.

　눈 돌리는 곳곳마다 화창한 햇살을 받고 어여쁘게 피어오른 꽃들이 가득하지만, 머릿속이 복잡한 탓인지 꽃에게 마음을 선뜻 내어주기 힘들다. 점심시간에 가까운 지인과 우이천가에 흐드러지게 피어오른 벚꽃 길을 잠시 걸었다. 둘 다 벚꽃에 집중하기보다는 자신들의 마음을 불편하게 만들었던 이야기를 경쟁하듯 내려놓기 바빴다. 누가 먼저랄 것도 없이 딱딱해진 마음을 녹여내느라 쉼 없이 두런거렸던 것 같다.

지친 마음을 회복하고 싶을 때는 다정한 친구와 마주 앉아 밥을 먹거나 상대의 이야기에 집중해주는 것만으로도 충분히 마음이 말랑해진다.

세월호가 침잠된 후로는 매년 4월 즈음이면 화려하게 피어나는 꽃들도 슬프게 보이고 마음마저 침잠되는 것을 종종 느낀다. 그 안타까운 사건이 발생하고 몇 해가 지났건만 세상은 어느 것 하나 변한 것 없이 여전히 제자리걸음이다. 영원할 것 같은 권력의 힘도 일순간 흩어지는 꽃잎과 같다. 짧은 순간 화려하게 피었다가 스러지는 꽃잎들의 흉한 모습을 우리는 이미 알고 있다. 권력의 중심에 잠시 머물며 영원할 것 같던 저들도 잠시 반짝였다가 추락해 이리저리 밟히는 꽃잎들의 신세를 면치는 못할 것이다.

분노와 절망의 시대를 살아갈수록 우리에겐 말랑말랑한 힘이 필요하다. 상대와 눈을 마주치고 이해하고 공감할 때 생기는 것이 말랑말랑한 힘이라고 생각한다. 강철같이 단단한 힘에도 꺾이거나 부러지지 않는 그 말랑한 힘으로 어려움을 당한 이들의 설움을 공유해야 한다. 무엇보다도 이 말랑한 힘은 우리의 마음에 평안함을 만들어주고 그것을 누리며 자족하는 사람들에게서 발견되는 힘이라고 생각한다. 그 마음이 우리 안에 가득해서 서로 이웃이 되는 아름다운 세상을 살짝 기대해본다.

여백의 미

아무것도 없이 텅 비어있는 공기의 흐름 길을 우리는 여백이라고 부른다. 여백의 미를 특히 중요하게 생각하는 동양화에서 여백은 그림에 집중하게 만들고 진지하게 생각할 수 있게 만드는 공간이라고 생각한다. 화가들이 그림을 그릴 때는 미리 공백을 디자인하기도 한다는 이야기를 들은 적이 있다. 그림에서의 적절한 여백은 감상자에게 상상할 수 있는 기회를 제공하기 때문이다.

살아보니 사람 관계에서도 여백이 중요하다는 사실을 깨닫게 된다. 개인적으로는 자신에게 주어진 일을 완벽하게 해내는 실력도 중요하지만, 주변도 잘 챙기는 마음의 여유가 있는 사람에게 먼저 끌리는 편이다. 자발적으로 여백이 된 사람들을 만나면 표정부터 다른데 그것을 여백이 가진 아름다움이며 힘이라고 한다. 잘 알려져 있듯이 경험을 통한 생각을 내적으로 동기화시켜 끄집어내면 그 사람의 성격이 된다. 여백의 미를 아는 사람은 비록 눈에 보이지 않아도 더 중요한 가치를 찾는 안목을 갖추게 된다. 분노로 가득한 세상, 반목이 분분한 세상에 대해 조금은 불온하게 사는 것도 여백이 있는 삶을 사는 것이 아닌가 싶다. 살다 보면 조금 허술해 보이는 사람 앞에서는 경계를 풀고 틈을 내보이게 된다. 그것이 상대와 나 사이에 존재하는 여백이다.

내가 가지고 있는 알량한 자존심과 가치를 내려놓고 주변을 한 번 더 세세하게 살피는 일에 잠시 집중해보는 것도 자신을 만나는 중요한 방법이다. 건조해가는 세상을 따라 똑같이 메말라갈 것이 아니라 주변의 작은 일들을 외면하지 않고 마음을 열고 다가서는 관심이 바로 여백이 있는 삶이라고 생각한다.

3부

아름다운 인연

그 사람

지금 하는 일이 감사한 이유 중 하나는 매일 좋아하는 시
인과 마주하고 그 사람을 천천히 들여다보며 읽어갈 수 있기
때문이다. 조금은 처연한 모습으로 액자 속에 머무는 그에게
눈길을 건네고, 아픈 시대를 살면서 시를 향한 열정으로 써내
려간 원고를 바라보며 생전의 그 사람을 상상해본다. 처음에
는 시인의 작품을 찾아 읽기에 급급했는데 어느 순간부터는
작품 속에서 그의 고뇌와 시대의 아픔이 전해지는 것이 느껴
졌다.

열정을 다해 쓰고 싶었던 시를 놓고 답답했던 시대의 현실
과 이별의 인사도 못 한 채 급작스레 먼 세상으로 떠나는 그
의 심정은 어떠했을까. 간절히 원했던 시대의 자유는 그가

떠난 지 50여 년이 지난 지금도 별반 달라진 게 없으니 만약 시인이 살아 계셨다면 얼마나 안타까워했을까.

시대의 아픔에 민감하게 반응하는 사람들과 오래도록 김수영 시인을, 그의 작품을 토론하며 이 시대를 살피고 싶다.

그 사람

윤채원

매일 아침 그 사람과 눈 맞춤을 하고
영혼이 깃든 그 사람의 시를 마음에 심으며
파리한 얼굴로 머무는 액자에 손 키스를 날립니다.
잠시 지난날을 돌이켜보니
세상의 비열함에 열변을 토한 그 사람처럼
낡은 세상을 향해 흥분하거나 고뇌한 적은 없지만
당신처럼 아파한 적은 있습니다.

그 사람의 정갈한 영혼을
투명한 유리관 안에서 마주하는 게 힘겹고
빛바랜 원고지 빈칸에 머무는 그가 아까워
반짝반짝 유리에 광을 내며 마음을 주다가
침묵하는 그대에게 말을 건네 봅니다.
당신이 그토록 갈망했던 그 자유는 어디에 머무는지
당신을 대변하던 그 지성과 용기는 어디를 헤매는 중인지

매일 아침 그 사람의 체취가 묻어나는

긴 탁자와 그가 사용했다는 재떨이의 먼지를 털며

어지러운 현실을 고뇌하던 그 사람을 떠올려봅니다

하루에도 몇 번씩 그 사람이었다면

침잠되어가는 세상을 향해 어떻게 분노했을까

불의에 침묵하는 무리를 향해 격노의 마음을 어떻게 풀어냈을까

마냥 당신이 그리운 아침입니다

그리운 사람

서서히 이울어 가는 꽃잎처럼 봄은 점차 사라지고 시나브로 여름이 열리는 중이다. 지난 몇 년 동안 수없이 오고 간 계절이지만 몇 해 전부터 봄의 끝자락이자 여름의 초입쯤인 이 시간이 낯설고 생경하다.

고개를 들어 꽃향기를 싣고 불어오는 바람을 향해 조심스레 손을 뻗어 본다. 이른 아침인데도 집 뒤 야트막한 동산에서 불어오는 바람결에는 아카시아 꽃향기가 가득 담겨있다.

이런 날이면 몇 해 전 삶과 죽음은 결국 하나라며 슬픔을 던져두고 속절없이 떠나버린 사람이 떠오른다. 그 사람을 직접 만나 눈 맞춤하거나 온기 있는 손 한번 잡아보지 못했지만, 상식이 통하는 세상을 바라던 삶의 가치가 비슷했기에 마음으로 존경했었다. 그는 나뿐 아니라 많은 사람에게 희망을 전하려 노력한 사람이고 대한민국을 사랑했던 사람이다. 동시대에 그와 함께 호흡했었다는 자체로 행복해하던 날들이 많았다. 그가 떠난 후에야 같은 꿈을 꾸었던 그를 만나기 위해 장례식이 열리고 있는 곳으로 내려갔다. 마을 어귀부터 그를 사랑했던 수많은 인파가 절망하며 눈물로 추모하고 있었다. 그 사람이 머물던 사택 가까이에 서서 그가 마지막으로 서 있었다던 바위를 오래 바라보았다. 그곳에서 산 아래로 펼쳐진 고향 풍경과 자신이 사랑하는 가족이 머무는 집을 보며 무슨 생각을 하였을까 궁금해졌다.

비통한 심정으로 그곳에 한참을 머물다 서울로 올라오는 길에 한 시대가 처절하게 닫히고 있다는 생각을 하는 한편 한 줄기 빛처럼 그의 죽음이 헛되지 않을 거라는 예감이 들었다. 그 후로 일상에 매몰되어 사느라 지나온 많은 시간 동안 그를 잊은 체 분주하게 살아왔지만 문득 생각나고 그리움이 밀려오는 날들이 많았다. 사회적으로 큰 이슈가 생길 때마다 만약 그 사람이라면 과연 이 문제를 어떻게 풀려고 했을까 혼자 생각하며 그리워했다.

살아가면서 누군가에게 선한 영향력을 주었던 사람으로 기억된다는 것은 행복한 일이다. 어리석은 우리는 선한 상대를 떠나보내고 나서야 귀하게 생각하는 경우가 다반사이다. 그런 사람이 곁에 있을 때 가치를 알아주고 소중하게 여겨야 할 일이다. 무엇보다 사람을 귀하게 여기는 세상, 상식이 통하고 소박한 희망을 꿈꾸는 세상을 기대하는 것은 답답한 시대를 사는 우리가 간절히 바라는 일이다. 이런 날에는 내 마음이 아직 젖어 있어서 그런지 바람에도 물기가 묻어나는 것 같다. 쓸쓸함이 쉬 사라지지 않는 것은 그 사람에게 드리웠던 마음이 아직도 내 곁에 머물러있기 때문인 것 같다.

향기가 있는 사람

처음 그에게 호감을 느끼게 된 계기는 비록 사진으로만 보았지만 깊은 눈빛이 매력적인 미남이었기 때문이다.

'1928년 아르헨티나 출생, 의사에다가 혁명가, 게릴라 전술가, 쿠바 은행 총재, 외교술이 뛰어난 전술가.' 책 표지에 나와 있는 그에 대한 간략한 소개문이다. 『체 게바라 평전』을 접하기 전에는 '쿠바 혁명을 주도한 열렬한 공산주의자'라는 사실만이 그에 대해 알고 있는 전부였다.

체 게바라의 유년시절은 따뜻했다. 그의 부모님들은 사랑을 바탕으로 가족 중심의 삶을 추구하면서도 아버지는 어린 아들과도 정치적 대화를 나누기를 주저하지 않았다. 또한 여행을 통해 올바른 삶의 방향과 가치를 찾으라고 독려했다.

붉은색 표지에 이끌려 단숨에 읽어 내려간 이 책은 역사 인물 평전이 아니라 마치 슬픈 다큐멘터리를 본 것 같은 현실감이 있었다. 대단한 혁명가와 전술가가 아닌 서른아홉 생애를 살며 완전한 사랑을 실천한 멋진 남자 체 게바라가 새롭게 다가왔다.

그는 혁명에서 그랬던 것처럼 사랑에도 열정적이었다. 페루에서 일다 가데아 아코스타를 만나 그녀가 발산하는 매력에 끌려 단번에 사랑에 빠지고 만다. 처음 그들이 만났던 날 그녀의 활달함과 솔직함에 매료된 후 그의 삶에서 상당한 비중을 차지하게 된 것이 바로 사랑이다. 혁명가의 길을 걷고자 하던 그는 많은 고민 끝에 그녀의 반려자가 되기로 결심하고 꽃이 만발한 들판에서 그녀에게 프러포즈한다. 낭만적인 그의 청혼을 상상하며 모든 혁명가는 냉철하고 사랑에는 문외한일 것 같았던 내 고정관념은 사라졌다.

영혼의 순례자이기도 한 그는 현실의 모든 안위를 버리고 혁명을 택한 위대한 인물이지만 아직도 난 그가 어떠한 이상향을 꿈꾸었는지는 모른다. 혁명가임을 드러내지 않았던 그는 게릴라 활동 중에도 항상 책을 끼고 지냈고 전쟁의 한 복판에서도 괴테 시집을 읽으며 감성을 익혔다. 가족과 친구를 향한 그리움을 방대한 독서로 달랬던 사람으로 다가왔다. 가난한 민중을 자기 자신만큼 사랑했으며 모든 것을 원칙대로 평등하게 했던 것에 박수를 보낼 뿐이다. 그는 인간적이고 아름다운 향기가 있는 사람이었다.

게릴라라고는 하지만 우리가 생각하는 반공 이데올로기 교육으로 상상하던 모습과는 사뭇 다르다. 짙은 눈썹, 자상하게 웃는 모습, 열정적인 사랑, 가족을 향한 따뜻한 마음이 매력적이다. 의학 공부를 하던 도중 남미 여러 곳을 여행하게 되는데 그곳에서 강한 나라들에게 희생되는 무지한 민중들의 삶을 직접 보면서 정열적인 혁명가의 길로 접어들게 된다.

서구 열강에 희생당하는 남미 민중들을 해방시키는 길은 무장투쟁뿐이라고 생각하며 그는 직접 노동에 참여해 그들과 하나가 된다. 진정 농민들과 함께 살아간 체 게바라는 그들의 배고픔까지도 함께 나누려 애썼으며 이것이 그를 더 위대하고 아름다워 보이게 하는 까닭이다. 체 게바라가 얼마나 가족을 사랑하며 그리워했는지는 일생을 사랑했던 딸 일다 베아트리체가 열 살이 되던 해에 보낸 아래의 편지에서도 잘 나타나 있다.

사랑하는 일다 베아트리체에게

오늘 너에게 편지를 쓰지만 너는 나중에야 편지를 받아 보겠구나. 어쨌든 나는 너를 한 번도 잊은 적이 없다는 사실을 네가 알아주었으면 한다. 아빠가 아주 멀리 있고, 앞으로 아주 오랫동안 네 곁에서 떨어져 있어야 한다는 사실을, 앞으로도 내 모든 힘을 바쳐서 적들과 싸울 것이라는 것을 너도 이젠 알아야 한다.

네가 항상 아빠를 자랑스러워 할 수 있으리라고 믿는다.

내가 너를 자랑스러워하듯이 말이다. 네가 어른이 되었을 때 너 역시 투쟁의 대열에 끼어야 할 것이다. 어른이 될 때까지 가장 혁명적인 사람이 되도록 준비하여라. 이 말은 네 나이에는 많이 배워야 한다는 것을 의미한단다. 가능하다면 정의를 지지할 수 있도록 준비하여라.

동생들이 바르게 자라고 있는지를 잘 살펴보는 것을 잊지 말고 그 아이들이 열심히 공부할 수 있도록 도와주어라. 엄마를 꼭 안아주렴. 그러면 엄마도 너를 꼭 껴안고 키스를 해 줄 거다. 엄마의 키스가 우리가 서로 만나지 못하는 시간들을 채워줄 거다. 아빠가.

그는 장차 딸 일다 베아트리체가 좀 더 나은 세상에서 살아가기를 간절히 원한 자상한 아버지였다. 체 게바라의 혁명은 쿠바에서 성공을 거두었다. 하지만 그는 보장된 지위를 뒤로하고 자신이 진실로 이루고자 했던 사회를 만들기 위해 노력했던 볼리비아에 대한 과업을 완성하지 못한 채 삶을 마감하게 된다. 그는 혁명운동 수준을 한 차원 높였다고 한다.

강하고 신선한 바람처럼 다른 무언가가 그 속에 존재했고 그 건 의식과 믿음을 가진 훌륭한 인간에게서 발산되는 아름다 운 향기였다.

책을 덮는 마지막 순간 마음속에 잠시 슬픔이 일었다. 감 정적인 슬픔이 아니라 현실에 안주하려는 나의 삶이 보였기 때문이다. 그는 안주하려 하지 않았고, 그 목표는 자신을 위 해서가 아니라 항상 다른 사람의 평화를 위해 투쟁해 나가는 것이었다. 체 게바라의 삶에는 인간적이며, 우리가 닮고 싶 어 하는 진한 향기가 고스란히 담겨있다.

따뜻한 사람

좁은 창문으로 들어오는 차가운 실바람에 저절로 눈이 떠졌지만, 기상하기에는 평소보다 조금 이른 듯싶어 잠시 누워서 뒹굴거리는데 불쑥 한 사람이 떠올랐다. 몇 해 전 예상치 못한 폭설이 서울의 온 거리를 마비시켜 버린 날 새벽에 소리 없이 내리던 눈처럼 조용히 우리 곁을 떠난 사람이 있었다.

그는 사람의 바다, 사람의 도시로 알려진 인도의 대도시 캘커타의 전문 인력거꾼 '샬림'을 주인공으로 한 다큐멘터리 영화 <오래된 인력거>를 연출한 고 이성규 감독이다. 나와는 일면식도 없는 그였지만, 그 사람의 영화를 보고 겸허한 감동이 밀려들며 여운이 길게 남아 마치 곁에서 그를 만난 듯 친숙한 느낌이 들었다. 그 사람이 만든 그 한 편의 영화를 보고 세밀한 연출력과 영화에 스며든 그의 인간성이 다정해서 일방적으로 팬이 되었다. 인간에 대한 사랑이 영화 전반에 배경처럼 깔려 있어 마치 그와 마주하고 대화하는 것처럼 깊게 빠져들었다.

영화 속 주인공이자 인력거꾼인 '샬림'의 그 오묘한 눈빛은 지금도 선명하다. 우수에 잠긴 듯 깊고 무언가를 갈망하는 것처럼 절실하다가도 절망 가득하던 그 눈빛이 오래도록 마음에 박혀 한동안 힘들었다.

"가끔은 행복하고, 가끔은 슬픈 것, 그게 인생이잖아요." 주어진 현실을 외면하지 않고 긍정적으로 받아들이는 그는 힘들고 지칠 때마다 모든 것이 신의 뜻이라며 '인샬라'만 되뇌었다. 고 이성규 감독의 영화를 보면서 궁핍한 시대를 살며 가족을 위해서라면 자신의 희생과 고통은 당연하게 감내했던 오래전 우리 시대의 아버지들이 투영되었다.

이성규 감독의 생전 마지막 인터뷰에서 그는 죽음 자체보다 자신이 남아있는 사람들에게 잊힌다는 것이 가장 슬프다고 말했다. 그러나 영화라는 작품을 남기고 갈 수 있는 특혜를 받은 자신은 행복하다며, 자신에게 이런저런 파괴의 씨앗을 옮겨 주었던 '인도'를 애증의 공간이라고 표현했다.

살아가면서 아이러니하게 생각되는 것 중 하나는 바로 재능이 많고, 어려운 이웃을 배려하고 염려하던 따뜻한 사람들은 앞을 다투어 우리 곁을 일찍 떠난다는 것이다. 주위에 선한 영향력을 나누던 이들의 이른 죽음을 보면서 삶을 대하는 나의 태도도 바뀌기 시작했다.

건조한 시대를 살고 있지만 나름대로 선한 열매를 거두려고 버둥거리며 여기까지 지나왔다. 이따금 내가 뿌렸던 작은 씨앗이 싹을 틔우고 열매를 맺어 주변 사람들에게 인정받는 시간이 행복하다.

살다 보면 누군가에게 열매를 안겨 기쁨을 맛보게 하는 씨앗이 되는 순간이 있지만 씨앗을 품어줄 어미 같은 옥토가 되는 경우도 있다. 그것은 모두 사랑과 관심이 중심이 되어야 하는 일이다. 아름다운 인연이나 따뜻한 관계를 유지하는 비결은 생각보다 그리 어렵지 않다고 생각한다.

가족으로 사는 일

"인간은 사회적 동물이다"란 아리스토텔레스의 말은 홀로 살아가기 힘든 인간의 존재를 표현한 것으로 마음을 공유하면서 살아가야 한다는 뜻이다. 사실 익숙하고 비슷한 성향의 사람들일지라도 갈등 없이 함께하는 것은 쉬운 일이 아니다. 흐릿한 구름 사이로 봄 햇살이 뻗어 나오는 것처럼 당당한 기세를 갖추지 않으면 단단해 보이는 관계도 소원해질 수밖에 없다.

우리는 세밀하게 관찰한 후 선택한 사람과의 관계도 조율하지 못해 헤어짐이 난무하는 시대를 살고 있다. 비슷한 듯 서로 다른 세 남자와 가족으로 사는 나에게도 행복과 버거움이 공존한다.

나와 동거하는 세 남자는 각기 다른 성향을 가지고 있다. 박애주의자에 가까운 남편은 신제품이 출시되면 대중적으로 사용되기 전에 먼저 사고 싶은 욕구가 강해 꼭 실천에 옮겨 나를 긴장시키는 (Early Adopeters) 족이다. 그 긴장의 횟수를 줄이기 위한 나만의 미끼는 바로 애정이 가득 담긴 휴대폰 문자나 이메일, 또는 좋아하는 책을 선물해 주는 것이다.

소심함의 대표주자인 큰 아이는 겁이 많고 여리기만 해서 걱정이다. 자기 물건도 제대로 챙기지도 못하거니와 제 밥그릇에도 도통 관심이 없다. 낯선 사람이 청하는 도움을 의심하거나 거절하지 못하고 무조건 내어주는 편이다. 뭐든지 없으면 그만이지라는 생각뿐인 듯 제 주머니에 넣기 위해 애쓰는 모습도 보이지 않아 답답하다.

담백한 형과는 달리 막내 녀석은 누구를 닮았는지 욕심이 많다. 특히 원하는 것을 받아내는 능력은 탁월하다. 예를 들자면 초등학교 시절에는 학교에서 시험이라도 본 날엔 모든 과목을 100점 받았다며 평소 갖고 싶었던 것들을 요구한다. 원하는 것을 얻고 나면 며칠 후엔 꼭 몇 문제는 틀린 시험지를 내밀곤 한다. 매번 속으면서도 당당하고 확신에 찬 눈빛과 말투 때문인지 번번이 믿게 된다. 제 형과는 달리 애교도 많고 니것 내것에 대한 경계도 확실하다. 아무튼 이 녀석은 자신의 몫은 적당히 챙기고 인간관계도 두루 원만하게 지내는 눈치다.

서로 다른 네 사람이 함께 살다 보니 어느 순간에는 가족관계를 넘어서서 동지애를 발견하지만 가끔은 나와 다른 남자들을 상대하느라 진이 빠지거나 도망가고 싶을 때도 있었다. 익숙한 듯 별다른 문제 없이 살아왔지만 그들이 때때로 낯설게 느껴질 때도 있다. 그 서먹함이 싫어 내가 짜 맞춘 틀에 그들을 가두려고 애쓰다 마음이 다치는 경우도 있었다. 나와 다른 성향의 그들을 받아주지 못하고 소유물로 생각해 지치게도 했다. 이제는 신뢰를 바탕으로 서로의 연약함을 인정하며 받아들이니 마음이 편해졌다.

미국의 사회학자 프롬은 "사랑이란 어느 날 갑자기 찾아오는 게 아니라 오랜 배움과 연습이 있어야만 할 수 있다"고 했다. 사실 익숙해진다는 것은 같은 공간에서 서로의 생각을 공유하며 사랑과 배려를 가지고 시간이 주는 익숙함을 견뎌내야 하는 것이다.

상대를 통해 나 자신을 더 나은 사람으로 변화시키는 것이 참된 사랑이라 생각한다. 가족이란 전혀 알지도 못하는 타인이었다가 서로의 끌림으로 하나가 되어 사랑을 기초로 세운 아름다운 인연이다. 조금은 어색하고 힘겨운 조율과정을 거치고 나면 단단한 사랑의 초석이 된다. 아낌없는 배려와 나눔이 이루어낸 사랑이라도 소홀히 대하면 언제든 도망치려 한다. 그러니 우리 안에 잠자고 있는 잠재력을 깨워 서툴고 낯선 동거를 지켜가는 일을 게을리하지 말아야겠다.

행복한 동행

얼마 전 가까이 지내는 친구가 일주일에 토요일이 두 번씩 있는 것 같다는 말로 시간의 빠름을 표현하는 데 공감이 되었다. 간절히 원하면 이루어진다는 말처럼 한동안 바다 타령을 했더니 정말 바다로 달려갈 일이 생겨 주말에 속초에 다녀왔다.

중국에서 온 손님들과 속초로 향하는 고속도로의 양옆으로 갖가지 신록이 연출하는 여름 풍경에는 신선함이 가득 담겨 있었다. 단 하루 동안의 짧은 여행이었지만 마음마저 출렁거렸다. 빠르게 도착해 깊고 푸른 바다를 내려다보며 역시 바다는 동해가 멋지다는 생각을 멈출 수 없었다. 오래간만에 눈앞까지 달려드는 높은 파도를 보니 나도 숨통이 트이는 것 같았다. 대륙에서 온 그들에게 동해의 풍경을 보여주었더니 어린아이처럼 흥분하며 파도를 카메라에 담기 바빴다. 푸른 바다를 앞에 두고 깔깔거리며 타인을 의식하지 않고 사진 찍기에 분주한 그들의 모습을 보며 마치 동해가 온통 내 것인 양 뿌듯했다.

우리에게 잘 알려진 "빨리 갈려면 혼자 가고, 멀리 가려면 함께 가라"라는 아프리카 속담에는 더불어 사는 삶의 중요한 가치가 녹아있다. 만약 우리가 사는 세상에서 자신의 이익만 추구하고 타인에 대한 배려가 없다면 공동체는 형성되지 못할 것이다.

이웃과 더불어 공동체 의식을 큰 가치로 두고 살아가는 사람들과 마주하면 저절로 반갑고 고마운 마음이 든다. 여러 사람이 모여 훈훈함을 나누며 함께 살고 싶은 마을을 만드는 일에 애쓰는 사람들과 이웃으로 살 수 있어 행복하다. 또한 그들과 함께하는 일에 작지만 내 역할이 있다는 게 다행스럽다. 워낙 많은 이들이 모여서 활동을 하다 보니 공동의 이익보다는 자신의 명예와 물질적 이익을 우선으로 생각하는 사람들이 간혹 눈에 띄어 마음이 불편해질 때도 있다. 하지만 공동체 삶이라는 목표를 지향점으로 두고 있는 그들과는 경쟁 구도가 아니라 멀리 함께 가는 길에 건강한 씨앗으로 살고 싶다. 그 길에서 함께 어려움도 극복하면서 행복한 동행자가 될 수 있기를 기대한다. 동행이란 서로의 연약함에 손 내미는 일이 아니던가.

인간의 유형

『학문의 진보』에 나오는 철학자 베이컨의 말을 빌리자면 인간의 유형을 곤충에 비유했는데 거미, 개미, 꿀벌로 나눌 수 있다고 한다.

거미 같은 인간은 자기 꽁무니에서 뽑아낸 거미줄로 그물을 놓은 뒤 보이지 않는 곳에서 기다렸다가 먹이를 먹어치우는 사람을 말한다. 살다 보니 정말 그런 사람을 만나서 곤경에 처하게 되는 경우가 있다. 미리 함정을 파놓고 남이 빠져들기를 기다려 해를 끼치는 이기적인 인간은 노력은 하지 않고 다른 사람을 이용해 자신이 원하는 것을 구하는 나쁜 사람이다. 가난하지만 착하게 사는 사람들에게 거미 같은 인간들이 달려들어 힘들게 하고 있으니 안타깝다.

개미 같은 인간은 별다른 문제의식을 느끼지 않고 제집으로 부지런히 먹이를 나르며 일만 하는 사람을 말한다. 그런 사람은 잡다하게 자료를 모으기만 할 뿐 사용할 줄도 모른다. 남에게 손해도 유익도 주지 않는 지극히 개인적인 인간이라고 할 수 있다. 필요 없는 물건을 쌓아두지 말고 그것이 필요한 이웃에게 나누어줄 수도 있는데 그들을 철저히 외면하고 시선이 닿는 자기 공간 안에 두어야 편안함을 느낀다.

꽃에서 꿀을 따서 다른 꽃에 옮겨주면서 열매와 꿀을 제공하는 꿀벌 같은 사람은 자신의 이익만을 탐하기보다는 남을 위해 봉사하며 이웃에게 기쁨을 주는 이타적인 인간을 말한다.

요즘 뉴스를 통해서 분노를 부르는 사람들을 보면 절망스럽기도 하고 총체적 난국에 처해 있는 이 나라가 답답하기만 하다. 우리가 사는 사회가 이렇게 시끄러운 이유도 결국은 기득권을 가진 사람들이 자신의 이익을 확장하기 위해 포식자가 되어 사회를 더 건조하게 만들기 때문이다. 사실 힘들고 어려운 시대일수록 서로의 마음을 조금씩 내어놓고 유용한 자료나 정보를 공유하며 타인을 배려하고 베풀며 사는 꿀벌 형 인간들이 많이 필요하다.

도전하는 그녀처럼

　지난주에는 우리나라에 걷기 열풍을 일으킨 서명숙의 〈느리게 사는 삶, 치유〉라는 주제로 열린 이야기 자리에 다녀왔다. 이른 아침 강의를 위해 제주에서 새벽 비행기를 타고 왔다는 그녀는 자그마한 체구에 열정과 생기 가득한 얼굴로 나타나 반가움이 더했다.

　그녀는 오랜 시간 동안 일 중독이 되어 살아오느라 피폐해 버린 심신을 위로하려고 나이 오십에 스페인 산티아고 순례자의 길로 떠났다고 했다.

　멈추지 않고 분주하게 달려온 그녀가 쉼을 위해 자발적으로 회사를 그만두고 떠난 여행길에서 우연히 만난 낯선 영국인의 한마디에 충격을 받은 것이 계기가 되어 제주의 올레길이 탄생하였다고 한다. 그녀에게 제주의 아픈 역사와 풍광 이야기를 듣는 순간, 치유의 길이라고 강조하는 그 길로 당장 달려가고 싶어졌다.

　예전 제주 여행 중 내가 머물렀던 게스트하우스에서 그녀의 흔적을 발견하고 만나고 싶었지만, 일행들과 함께하는 여행이라 만날 수 없어 아쉬웠던 그녀를 강의에서 만나니 마치 동기간을 만난 듯 가깝게 느껴졌다. 성실하게 살아온 자신에게 주는 휴식에 인색하지 말라는 그녀의 말이 귓전에 길게 맴돌았다.

　요즘 『산티아고 순례길』이라는 책을 읽고 있다. 아니 책을 통해 그 순례길을 천천히 걷고 있는 중이다. 그곳을 다녀온 작가가 세세하게 안내하며 기록한 책을 읽다 보면 나도 모르는 사이에 스페인 순례길의 어디쯤을 걷고 있는 것 같고, 마치 내가 숙소에서 이방인들을 만나 대화하는 것 같은 착각이 들기도 한다. 그곳의 길을 걷다가 멋진 풍경을 보며 땀을 식히고 싶고, 낯선 이방인의 도시에 잠시라도 머무르고 싶다는 욕구가 밀려들며 새로운 꿈을 꾸게 만든다.

　어떤 일이든 선택하기를 주저하지 말고 실행에 옮겨 작은 결실이라도 맺는 것이 중요하다. 그게 무엇이든 용기를 가지고 먼저 시작해야 한다. 비록 당장은 소소한 것일지라도 그

것이 우리를 성장시켜 줄 씨앗이 되는 게 분명하니까.

　모든 일에는 균형이 필요하고 목표에만 집착하기보다는 과정을 즐기는 것도 중요하다. 그러기 위해서는 먼저 도전과 모험을 두려워 말아야 한다. 낯선 것에 대한 도전을 두려워하지 않고 무작정 달려가 낯선 나라를 걷기 시작해서 우리나라의 '걷는 길'을 주도해준 그녀처럼 말이다.

광수 생각

　달빛을 읽어 낼 즈음인 사춘기부터 보름달은 나의 감성 창
고였다. 오래전부터 보름달을 올려다보면 이유 모를 슬픔이
밀려들어 자주 흔들렸다. 어제 보름 전야의 달빛이 길을 걷
던 내 눈길을 온전히 사로잡았다. 차마 그 달빛을 차가운 카
메라에 가둬 둘 수 없어 한참 서서 달의 기운을 온몸으로 받
아들이던 중 길 건너편 <광수생각>이라는 커피숍 간판이
눈에 들어왔다.

　쌍문역 근처에 있는 <광수생각>은 8년 전 누군가를 만
나기 위해 처음으로 갔던 커피숍이었다. 그 사람과는 다정한
인연이 되어 한동안 자주 찾았지만, 점차 뜸해지면서 마지막
으로 그곳에서 차를 마신 게 6년 전이었다. 그 후로는 잊고

지내다 어제저녁 지인들과 식사 후 달빛에 이끌리듯 다시 찾은 커피숍이다. 이곳은 오래전 한 일간지에 <광수생각>이라는 만화가 연재되어 한창 인기를 끌던 즈음에 생겨난 곳이다. 소원해지긴 했지만, 그곳에서 함께 차를 마시던 사람과는 인연이 되어 가끔 만나 안부를 묻곤 한다. 그는 좋은 느낌으로 여전히 내 주변에 있는데 자주 그곳을 지나치면서도 들어가 볼 생각은 못 했던 것일까. 상대에 대한 감정의 밀도가 변한 것일까, 아니면 그와 함께했던 추억을 놓치고 살았던 것일까.

교교한 달빛의 끌림이라며 호기롭게 지인들을 이끌며 바쁜 걸음으로 그 커피숍을 향해 걷고 있었다. 3층으로 향하는 엘리베이터 안으로 들어서니 가슴이 콩닥거리기 시작했다. 그곳의 분위기가 바뀌지 않았기를 간절히 바라며 조심스레 문을 열고 들어서니 익숙한 큰 사각의 테이블과 낯익은 의자가 눈에 들어왔다. 오랜 시간이 지났는데도 여전한 공간은 퀴퀴한 냄새마저 반갑고 소품이며 인테리어가 예전 그대로여서 마치 매일 찾았던 것 같은 편안함이 묻어났다. 빠르게 변하는 시대에 발맞추느라 주변의 사업장이 자주 업종을 바뀌는 것을 보았던지라 15년이 훌쩍 넘도록 자리를 지키고 있다는 사실이 새삼 놀라웠다. 만약 <광수생각> 업종이 바뀌

었거나 세련되게 변신해있으면 오히려 배신감이 들었을 것 같았다.

　마치 시간이 정지된 것 같은 그 공간과 꽤 많이 닮은 듯한 사장님은 자신이 『광수생각』의 저자 박광수의 형이라며 멋쩍게 웃었다. 오래전 그곳에 부지런히 다닐 때는 상대에게 집중하느라 그랬는지 커피숍주인에게는 관심이 없었다. 반가운 마음에 오랜만에 다시 찾아왔노라 인사를 건넸더니 쑥스러운 미소와 함께 불황이라 15여 년이 흐르는 동안에도 인테리어를 바꾸지 못했다고 한다. 미안함이 가득 실린 표정으로 말하는 그를 보며 나는 오히려 예전 그대로여서 고맙다는 말을 건넸다. 경기가 어려운 탓에 적자를 면치 못하지만 그래도 정이 든 그곳을 정리하지 못하고 애면글면한다니 안타까웠다. 미안한 표정을 지어 보이자 오래전 단골이었던 손님들이 간혹 추억을 안고 찾아와서 좋아하는 것을 보면 자신도 행복하다고 한다. 문득 출입문 입구 쪽 벽면을 채우고 있는 빛바랜 사진 속의 주인공들은 어찌 지내고 있을까 궁금해졌다.

　모든 것이 빠르게 변하는 세상에서 한자리에 머물며 예전 그대로의 모습을 지킨다는 것은 분명 쉬운 일이 아니다. 만약 그곳이 아름다운 추억까지 저장되어 있는 장소라면 더없이 행복한 일이다.

조르바와 마주하다

니코스 카잔차키스의 『그리스인 조르바』를 다시 읽는 중
이다.

지천명을 넘어 섰다면 타인의 자유를 침해하지 않는 범위
에서 자기 생각대로 밀고 나가야 당연한 것 같은데 소심한 성
격 탓에 그런 것이 여전히 낯설다.

조르바의 말처럼 어쩌면 우리의 삶 자체가 스스로의 규제
에 의한 감옥살이인지도 모른다. 비록 눈에 보이는 겹겹의
철창이나 높은 담은 없을지라도 우리는 육체 안에 머무는 생
각과 행동을 구속당하고 사는 것은 아닐까 싶다.

그가 쏟아내는 거칠고 투박한 말들 속에는 힘든 경험으로
익혀낸 삶의 지혜가 고스란히 묻어난다. 조르바의 말에 의하

면 자유는 구속한다고 느껴지는 것에서 벗어나는 것이 아니라, 우리의 몸과 마음이 원하는 것을 좇아가는 것이 진정한 자유라고 한다. 사실 욕구는 개인의 힘만으로 제어되는 것이 아니라서 자신을 온전히 비우는 욕심에서 자유로울 수가 없다. 우리가 자유로운 영혼인 조르바에 집중하는 이유는 아마도 사회가 정한 규범 아래 살며 자기 생각을 행동으로 옮기지 못한 채 늘 고민하며 살고 있기 때문일지도 모른다. 그래서 편견으로 정형화된 생각의 틀을 벗고 뛰쳐나와 오직 본능에 충실하는 조르바를 부러워하며 거침없는 언어와 행동으로 진정한 자유의지를 내보이며 사는 그를 영원한 자유인이라 부르고 동경하는 것이다. 처음 이 책을 만났을 때는 자유로운 영혼 조르바에게만 모든 신경이 집중되었다. 하지만 다시 읽는 요즘은 조르바와는 조금 거리를 두고 앞으로의 삶은 어떻게 살 것인가를 스스로에게 묻게 된다.

조르바가 우리에게 주는 메시지는 '카르페 디엠'이 아닐까 싶다. 현재에 집중해 최선을 다하는 조르바처럼 어느 한쪽으로도 영혼을 귀속시키지 않고 마음이 시키는 일에 용기 내어 도전하고 행동하는 것이 중요하다. 할 수만 있다면 나도 그렇게 살고 싶다. 그것이 진정한 자유이고 자유로운 조르바와 마주하는 시간일 것이다.

장자에 집중하기

한동안 장자에 집중하는 일이 생겼다. 집 근처 도서관에서 진행하는 장자 관련 강의를 신청한 후 책꽂이에서 오랜 시간 잠들어있던 『장자』를 꺼내 온기를 주었다.

그는 삶과 죽음이 따로 떨어진 것이 아니라 서로 이어진 한 가닥 줄이라며 삶과 죽음을 초월해 사는 것이 중요하다고 말하고 있었다. 강의를 듣기 전 책으로 먼저 만나서 그런지 줄곧 어렵게 느껴지던 장자의 언어들이 강의를 통해 아주 조금씩 머리와 가슴으로 스며드는 것이 느껴졌다. 자유로운 영혼의 소유자였던 장자는 세상에 머물면서도 세상을 넘어서는 초월적인 자유를 지향한 사람이었다. 홀로 끙끙대며 책을 읽을 때보다 가볍게 먼저 읽은 후 전공자의 해설을 들으니 빠르게 이해되며 내 안으로 차곡차곡 쌓인다. 인문 고전을 읽다 보면 자신이 얼마나 부족한 사람인지 새삼 느끼게 된다. 자기의 편견과 선입견을 버리고 언제나 상대방의 처지에서 생각해야 세상의 모든 것이 평등해진다는 그의 말을 행동하기는 쉽지 않았지만, 공감은 되었다.

모든 만물은 보는 방향과 방법에 따라 달라지는 것처럼 사람의 생각도 마찬가지로 아침과 저녁으로 다양하게 변하는 마음 때문에 우리가 삶을 유지할 수 있다는 장자의 말에 위로가 되었다. 일하는 틈틈이 읽느라 소요유, 제물론에서 진도를 나가지 못하고 있지만 깊이 있는 책을 덮지 않는 스스로가 기특하였다. 책을 읽다 보니 장자는 우리 삶에 꼭 필요한 이정표 같은 존재라는 사실이 분명해졌다. 우리는 실체를 잊은 채 그림자 같은 허상만 따라다니는 것이 얼마나 우매한 것인가를 이야기하는 장자의 말들을 기억해야 한다.

삶 속에서 다른 사람과 자신을 비교하는 것보다 자기 파괴적인 것은 없는 것 같다. 세상의 모든 것들은 순간순간 변화하고 있는데 상대와 나를 비교하며 감정을 소모하는 것이 얼마나 부질없는 짓인가. 그는 자유롭기 위해서는 우선 깨어나야 하고 변화해야 한다고 말하고 있다. 우리는 장자처럼 현실의 속박에서 벗어나 정신적으로 초월한 자유를 얻을 수 있는 진인은 될 수 없다. 하지만 지나치게 작은 문제에 집착하지 않고 복잡한 현실에서 벗어나 시야를 넓히기 위한 노력은 꼭 필요하다.

가족

    가족의 사전적 의미는 주로 부부를 중심으로 한, 친족관계에 있는 사람들의 집단, 또는 그 구성원을 말한다. 근래 들어 혈연뿐만 아니라 입양이라는 구조를 통해서도 가족관계가 구성된다. 그럼에도 통상적으로 가족이란 동거 여부를 불문하고 혈연으로 맺어진 관계를 말한다.

    어려운 때일수록 상대방을 생각하고 마음을 헤아려야 진정한 가족이 된다. 아무리 소중한 것이라도 늘 품고 있으면 귀중함을 알기 어려운 법이다.

    가족은 아무래도 혈연으로 밀착되어 있기에 타인과는 다르게 상대방의 마음을 헤아리려는 노력을 덜 하게 되고 말하지 않아도 알 것이라는 짐작으로 상대를 서운하게 만들기도 한다.

　본래 어리석은 사람들은 곁에 있는 사람이나 사물을 잃어
버린 후에야 그것의 소중함을 깨닫고 뒤늦은 후회를 한다.
가족이라도 친밀함을 갖기 위해서는 오랜 시간 적당한 거리
에서 희로애락을 나누어야 한다. 그러기 위해서는 조금 민망
하고 쑥스럽더라도 그 사람의 얼굴을 자주 들여다보고 상대
가 하는 말에 집중해야 한다.

　주변을 둘러보면 간혹 가족이라는 이름으로 한 지붕 아래
살고 있지만 마치 타인처럼 사는 사람들을 만난다. 그런 생
활이 불가능해 보이는데도 몇 년을 그렇게 사는 것을 보니 또
어찌어찌 살아가게 되는 것 같다. 이유야 어찌 되었든 그들
도 처음부터 그러한 관계로 시작하지는 않았을 것이다. 추측
하건대 한 가족이라는 이유로 자신을 위해 상대방이 희생해
도 된다는 안일한 생각과 행동이 그런 관계를 만들어낸 것이
아닐까 싶다. 가족이라는 울타리 안에서 밀착되어 있다 보면
더 아껴주어야 하는 대상임에도 불구하고 상대를 스스로 자
기화시켜서 함부로 대하게 된다. 쑥스럽다고 바라보지 않으
면 어느 순간 그 사람의 얼굴이 보이지 않고 마음의 소리도
들을 수 없게 된다. 그래서 자주 상대의 눈과 마음을 들여다
보아야 그 사람의 가치를 재발견하게 되고 서로에게 스며들

게 된다.

　때때로 가족이 십자가처럼 버겁게 여겨지는 날들이 있더
라도 그들은 충분히 오늘을 살게 하는 원동력이다. 안쓰러운
마음과 미움이나 원망도 결국은 사랑에서 기인한 감정이니
까.

아버지의 시

　오래간만에 외가에 다니러 갔던 작은 아이에게서 잘 도착했다는 메시지와 함께 사진 한 장이 날아들었다. 팔순을 눈앞 고지로 둔 할아버지가 쓴 시가 벽에 걸린 것을 보고 사진을 찍어 손전화로 전송한 것이다. 이 시를 만나기 전에는 아버지가 시를 쓴다는 것을 알지 못했다. 시에 대해 공부를 하신 적이 없는 아버지가 직접 시를 쓰고 그림을 그리신 후 벽에 걸어 놓았다는 이야기를 듣고 가슴이 뭉클해졌다. 평소 아버지가 무명의 작가로 사는 나를 주위에 부풀려서 자랑하는 이야기를 듣고 민망했던 적이 여러 번 있었다. 내가 『토닥토닥』이라는 첫 산문집을 냈을 때도 몇 권을 손수 챙겨 내 모교에 직접 찾아가 자랑하셨다는 이야기를 듣고 얼굴이 달아

오른 적이 있었다. 아버지는 글을 쓰는 나를 보며 당신의 젊은 날을 생각하신 듯싶다.

오르막길이 더 많았던 힘겨운 지난날을 고갯길로 표현한 아버지의 짧은 시를 보면서 잠시 숙연해졌다. 지나온 삶이 늘 비탈길이었다는 아버지가 지금 곁에 존재하는 것만으로 충분히 감사한 일이다. 당신의 고된 삶을 담백하게 내려놓은 울림 있는 시와 마주하면서 그 시에 대한 소감을 몇 자 적어 보았다.

고개 길

윤수규

올라도 또 올라도
올라야 하는 고개 길

걸어도 또 걸어도
걸어야 하는 인생길

세상에 태어난 사람들
가야 하는 고개 길

아! 참으로 어려운 길
동행을 잘 만나야지

아버지의 시

윤채원

팔십 고개를 눈앞 고지로 두고
아버지가 시를 쓰셨다
단 한 번도 시를 배워본 적이 없지만
인생의 통찰과 삶의 궤적을 살피며
힘든 고개를 예리한 눈초리로 적어
단 여덟 줄로 담백하게 담아낸 시
투덜거리며 강산이 몇 번이 변했지만
그럭저럭 버텨 온 인고의 시간이 대견하시다기에
물기 가득한 눈으로 그 시간을 상상해보다
바짝 긴장했던 몸을 해제시킨 후
왈칵거리는 마음의 빗장을 열고
팽팽한 줄 위에서 노니는 현의 울림에
몰입해보기로 작정해버렸다

선한 사람들

같은 하늘 아래에 살면서 인연이 되어 서로의 안부를 물을 수 있으니 어찌 기쁘지 아니할까. 그렇게 선한 인연이어서 다행인 사람들이 주변에 있다. 처음 만남이 어떻게 시작되었는지 확실하지는 않지만, 그들은 이미 내 마음 깊이 들어와 있다.

선善하다는 의미는 무엇일까. 마음의 언행이나 태도가 착하고 어질다는 의미를 뛰어넘어 주변의 소소한 일상을 공유하며 그 행동에 행복의 의미를 부여하는 사람이 아닐까 싶다. 그런 마음으로 작은 것에서도 의미를 발견하여 상대의 가치를 찾아내 감동할 수 있다면 건조해버린 우리의 삶이 조금은 눅눅해질 것이다.

정말 아끼는 관계라면 상대의 행복과 불행의 크기도 내 것과 같아야 한다고 생각한다. 물론 가족이 아닌 타인에게 그런 유대관계를 갖는다는 것은 본능이 먼저 앞서는 우리에게 쉬운 일이 분명 아니다. 그래서 주변에서 간혹 이타적인 마음이 앞서는 사람을 만나면 반가움을 넘어서 존경하게 된다.

자신에게 밀려든 삶이 가장 고단하게 느껴지더라도 조금 더 억눌려 있는 주변을 외면하지 않고 그들이 전하려는 말을 듣고자 애쓰는 사람을 우리는 선한 사람이라고 한다. 지금은 힘겨운 처지에 놓여있어서 당장은 까칠하게 반응하더라도 그 예민한 사람을 이해하면서 마음을 헤아려 줄 수 있다면 충분히 선한 사람이다. 주변을 둘러보면 분명 그런 사람들이 있다. 마음으로 느껴지는 따스함과 서로를 향한 연민으로 토닥임을 주저하지 않는 사람들이다. 마음 고단할 때마다 쪼르르 달려가 연륜 있는 상대에게 힘겨움을 내려놓고 나면 다시 생기가 돌고 에너지를 얻는다. 일의 결정이 힘든 고비마다 매사에 분명한 그 사람과 마주하면서 명쾌한 해답을 얻기도 한다. 내가 그들을 통해서 좋은 열매를 얻었던 것처럼 나 역시 누군가의 필요를 채워주는 사람이 되고 싶다.

다양한 상황들과 마주하는 삶의 현장에서 비루함만 가득하다면 얼마나 서러울까 싶다. 어려움 속에서도 서로에게 따스한 위로를 건네며 더불어 살 수 있다면 그것이 바로 선하게 사는 삶이다. 누군가 소리 없이 우리의 선한 사람이 되어주어서 지금껏 잘 견디어왔다. 그러니 우리 또한 일상에서 작지만, 의미를 부여하며 누군가의 선한 사람으로 살아야 할 일이다.

MK씨께

우리 곁에 밀착되어 있던 더위는 점차 고개를 숙이고 가을
이 시작됨을 알려주는 절기인 '처서'라 그런지 하늘에는 잠자
리들이 하나둘씩 찾아들고 있네요. 어느새 하늘빛도 제법 가
을을 닮은 것 같아요. 사실 올여름의 더위는 정말 잔인하다
싶을 정도였지요. 그래도 아침과 저녁으로 피부에 와 닿는
바람의 결이 제법 친절해진 것 같아요.

친절한 MK 씨.

요렇게 부르니 더 가까운 느낌이 드네요. 친근한 느낌을
얻고 싶어서 그러니 건방지다 생각지 말고 다정함으로 받아
들였으면 좋겠습니다.

요즘은 어찌 지내는지요? 언제부턴가 나를 '월요일의 여

인'으로 불러주고 시나브로 좋은 친구가 된 것 같아 반가워
요. 이따금 한 번씩 만나 차 마시며 이런저런 이야기를 나누
는 그 시간이 참 소중합니다. 우리가 만나서 일상의 이야기
를 두런두런 나누는 것뿐인데도 그 안에는 자연스러움과 편
안함이 녹아 있는 것 같아요. 혹시 나만의 느낌일까요?

　많은 사람과 인연을 맺으며 살다 보니 관계가 많아질수록
그만큼의 허전함과 공허함을 느끼게 됩니다. 관계가 확장될
수록 정말 소중한 사람들을 놓치게 되거나 마음이 고달파지
는 일이 잦아집니다. 개인적으로 인연이라는 것을 소중하게
생각하는 사람이라서 나와 연결된 모든 사람에게 최선을 다
하려고 마음을 씁니다. 그 애씀에 집중하다 보니 때때로 내
의지와 상관없이 아픈 일도 생기고 무너지기도 합니다. 그래
서 쉬는 월요일 아침이면 집 뒤에 있는 초안산 산책하기를 좋
아합니다. 그곳 오솔길을 걸으며 사색을 하다 보면 기분이
좋아지거든요. 늘 긍정적으로 살려고 애쓰지만 근래 들어 심
신의 생경한 변화로 우울해지는 시간이 길어지는 것 같아 마
음이 급해졌어요. 나이 든다는 것은 지극히 자연스러운 것이
고 성숙하게 익어가는 과정이라는 것을 잘 알면서도 당혹감
이 크게 느껴지는 순간이 있습니다.

　다정한 MK 씨,

지금껏 그래 온 것처럼 앞으로도 우리가 좋은 친구로 지낼 수 있다면 좋겠습니다. 어떤 목적이 우선되지 않고 상대를 향한 배려가 있다면 충분히 좋은 관계가 유지된다고 생각합니다. 개인적으로 나이 들어도 지키고 싶은 것은 바로 순수한 마음입니다.

  하늘을 올려다보니 구름이 아까보다 더 예쁘게 걸쳐 있는 게 보입니다. 각자의 일상에서 분주히 지내다가 어느 한가한 월요일에 다시 만나 정담을 나눌 수 있다면 좋겠습니다. 얼굴 마주 보며 서로의 안부를 묻는 그 날을 기대하며 한동안 또 열심히 살아야겠지요. 그때까지 몸도 마음도 그 적당한 거리에 머물러 있기를 기대합니다.

  우린 늘 서로의 생각 안에 머무는 좋은 인연이니까요.

K 선생님에게

높고 푸른 하늘과 다정한 햇살. 신선한 바람은 아름다운 가을의 또 다른 모습이지요.

무엇하나 흠잡을 수 없을 정도로 근사한 가을날입니다. 지금 선생님은 이 순간에도 건조함이 맴도는 직장에서 업무에 매진하고 있겠지요. 다양함 속에서도 자기 색이 분명한 이 가을을 똑 닮은 선생님에게 내 마음을 슬며시 내보이는 중입니다.

오래전 지역의 도서관에서 우리가 처음 만났지요. 누군가 가볍게 소개해주는 자리였는데 그 당시 감청색 바바리코트를 입었던 것을 지금도 기억하는 것을 보니 계절은 가을 무렵이었나 봅니다. 아담한 키에 안경 너머로 보이던 그 눈빛을 기억하고 있어요. 왠지 그날 선생님의 눈빛에서는 이유를 알 수 없는 절실함과 호기심 그리고 약간의 두려움이 느껴졌어요. 그런데 그 눈빛에 왠지 모를 익숙함과 끌림이 있었답니다.

얼마 후 우린 선생님이 근무하던 도서관에서 다시 만날 수 있었지요. 사무적인 관계를 넘어 인간적으로 가까워질 수 있었던 것은 아마도 그 눈빛 때문인 것 같아요. 짧지 않은 시간 동안 함께 일하면서 그 맑은 눈빛은 선생님을 향한 신뢰를 짙게 만들었답니다. 좋은 친구가 된 우리는 적당한 거리를 유지하면서 서로의 안부를 챙기고 고단한 일상을 토닥이며 우정을 더해갔지요. 이따금 내게 당신이 힘겨움을 내려놓으면 친밀함이 느껴져서 좋았고 간혹 나의 답답함을 털어놓으면 당사자인 나보다도 먼저 흥분하는 모습이 얼마나 든든했는지 모를 겁니다. 서로의 곁을 내어주며 지냈는데 다른 도서관으로 근무지 이동이 된다는 소식을 듣고 조금 놀랐지만 애써 서운함을 내비치지 않았답니다. 한참이 지난 후, 새로운 일터에서 적응하느라 아주 힘들어 한다는 것 알면서도 도움이 되지 못해 미안했지만 홀로 잘 버티는 선생님이 자랑스러웠어요. 작은 체구로 사회라는 황량한 벌판에 홀로 서서 업무에 매진하느라 힘들게 살아내고 있는데 그것을 헤아리지 못한 사람들이 까칠하다고 말할 땐 얼마나 힘들었을까요. 중간 관리자의 입장에서 업무와 인간관계로 인한 예상치 못한 버거움으로 지쳐있다는 것을 알면서도 내 어려움만 이야기하기에 급급했던 것을 지금은 미안하게 생각하고 있어요. 고단한 입장에서도 차돌같이 야무지고 늘 씩씩하고 밝은 모습이 참 좋아요. 정말 하고 싶은 말을 아래의 짧은 시로 대신합니다.

> 나는 그늘이 없는 사랑을 사랑하지 않는다
> 나는 그늘을 사랑하지 않는 사람을 사랑하지 않는다
> 나는 한 그루 나무의 그늘이 된 사람을 사랑한다
> —정호승, 「내가 사랑한 사람」 부분

이 시를 들려주는 이유는 한여름 그늘 같은 선생님을 닮았기 때문이랍니다. 인생의 길에서 현재의 시간이 고단하다고 지치거나 원망하기보다는 자신을 성찰해보는 기회로 삼는 것도 나쁘지 않을 것 같아요. 앞으로 남아있는 삶의 여정에서도 서로의 그늘이 되어 살아갔으면 좋겠습니다. 이렇게 다정하고 귀한 인연으로 살아갈 수 있어서 든든하고 행복합니다.

더불어 숲

　많은 사람에게 스며들어 든든한 사표가 되어주셨던 이 시대의 스승 신영복 선생님이 다시는 돌아올 수 없는 숲으로 떠나셨다. 선생님을 존경하던 많은 이들이 그의 부재에 커다란 상실감과 슬픔을 느끼며 애도했다. 그는 몇 사람의 스승이 아니라 집단 지성과 소소한 일상의 중요성을 말씀하셨던 분으로 처음 선생님을 알게 된 것은 오래전『감옥으로부터의 사색』이라는 책을 통해서였다.

　함께 사는 세상에서 아픔과 기쁨을 나눌 수 있는 이웃 만들기에 집중하며 더불어 정신을 추구하셨던 그분에게 숲이란 우리가 사는 세상의 공동체를 의미한다. 젊은이들에게 삶의 이정표가 되어 주었고 참 스승으로 살다 가셨기에 애도의 물결이 넘쳤다. 이 험준한 시대에 오래오래 머물며 스승이 되어 주셔야 할 사람이 급작스레 떠나셨기에 상실감이 크지만 분명 남겨진 이들에게 선한 영향력을 전하고 가셨다고 생각한다. 글로, 서체로, 그림으로 많은 이들의 마음 깊숙한 곳으로 스며들었던 그 친근함과 담백함이 담긴 메시지는 우리에게 큰 자산이 되어주었다. 신영복 선생님의 교훈을 통해 미약하지만 더불어 잘 사는 삶을 지향하고자 하는 생각이 더 깊어졌다. 그분의 귀한 말씀은 어느새 내면 깊숙이 스며들어 알찬 열매를 맺게 해줄 작은 씨앗이 되었다. 우리 삶을 다시 성찰하게 하는 선생님의 글을 소개하며 마음을 다시 단단하게 하고자 한다.

북극을 가리키는 나침반은 무엇이 두려운지
항상 바늘 끝을 떨고 있다.
여윈 바늘 끝이 떨고 있는 한
바늘이 가리키는 방향을 믿어도 좋다.
만일 바늘 끝이 전율을 멈추고
어느 한쪽에 고정될 때
우리는 그것을 버려야 한다.
이미 나침반이 아니기 때문이다.

－신영복, 「떨리는 나침반」 전문

이중섭의 편지

『이중섭의 편지와 그림들』이란 책을 읽고 있다. 화가 이중섭이 가족과의 재회를 염원하며 일본에 있는 아내와 두 아들에게 보낸 편지와 그림이 담긴 책인데 읽다 보니 당시에 그가 처한 상황이나 외로움이 고스란히 전달되는 것 같았다.

화가 이중섭이 그렸던 역동적이고 생명력이 넘치는 그림을 보면 다소 무뚝뚝하고 차가운 성격일 것 같았는데 아내에게 쓴 편지를 보면 남녀의 지고지순한 사랑이 고스란히 표현되어 있어 조금 놀라웠다. 이제 막 사랑을 시작하는 연인처럼 애정표현에도 거침이 없어 답장이 늦는다고 아내에게 투정을 부리거나 꾸짖는 내용을 읽으며 피식 웃음이 났다.

"나의 최고, 최대, 최미의 기쁨인 남덕군", "나의 귀여운,

나의 기쁨의 샘". "나의 소중하고 살뜰한 현처 남덕군", 등 늘
아내에 대한 최고의 찬사로 편지는 시작되었다. 사랑하는 아
내, 두 아이와 단란한 가정을 꾸리겠다는 의지를 갖고 있는
가난한 화가. 은박지에 그림을 그리면서 외로움을 자신만의
화풍으로 승화시킨 순수하고 맑은 영혼의 이중섭을 눈앞에
서 만난 듯 울림 있게 다가왔다.

지난봄 서귀포에 가서 그가 살았던 집과 그의 작품이 전시
되어있는 미술관에 들렀을 때에도 예술가로서의 외로움이나
가장으로서의 무게감이 이토록 크게 와 닿지는 않았었다. 그
런데 이 책을 읽으면서 화가 이중섭이 아닌 외로운 한 남자가
사랑하는 아내 앞에서 따뜻하고 여린 마음을 고스란히 드러
내던 인간적인 이중섭을 발견할 수 있어 반가웠다.

끊임없는 노력에도 불구하고 자신의 예술세계를 세상이
포용해주지 않았다는 절망감에 그토록 사랑하고 그리워하던
가족과도 단절하고 먼 길을 홀로 떠났다. 그가 떠나간 후에
야 사람들은 그의 작품을 귀하게 여기고 그림값도 천정부지
로 올랐다.

아내에게 쓴 편지 중 자조적인 어투로 왜 우리는 이렇게
무능한가를 말하는 그의 절실함이 새삼스럽다. 아주 오래 전
한 남자가 멀리 떨어져 있는 처자식을 그리워하며 써 내려

간 손편지가 큰 울림을 준다. 가볍지 않고 사람의 마음을 집
중시키는 그의 편지는 사랑이라는 감정에 대해 다시 생각해
보는 기회가 되었다. 가족을 향한 간절함과 외로움이 위대한
그림을 그릴 수 있는 원동력이 되었듯이 우리도 순간순간 곁
의 사람을 온전히 사랑하며 살아야 할 일이다.

박희진 시인

누군가를 그리워한다는 말에는 공유했던 시간만큼 애잔함도 수북하게 쌓여있는 듯하다. 몇 해 전 평소 존경하던 노시인이 예고도 없이 돌아올 수 없는 먼 곳으로 떠났다. 상실감이 크기에 지금도 여전히 우이동 자락에 머무르며 창작 활동을 하신다고 생각하기로 했다.

인도 시인 타고르를 좋아했고, 소나무를 사랑했으며, 당신 작품에 대해 강한 자부심을 가지고 계셨던 거목의 시인과 인연 맺을 수 있었던 지난 시간이 새삼 감사함으로 다가선다.

박희진 시인과 인연이 된 것은 지역의 문학단체에서 문학상 수상자로 선생님이 선정되었기에 그 소식을 알려드리는 전화통화로 시작되었다. 사진으로만 뵙던 선생님의 음성엔

사뭇 힘이 실려 있었다. 이후 문학상 시상식장에서 큰 키에 트레이드마크였던 길게 늘어진 흰 수염의 선생님을 처음 만났다. 그렇게 인연이 된 후 이따금 선생님 댁을 방문하여 소소한 안부를 나누거나 우체국 심부름을 몇 번 해드리며 관계를 이어갔다.

어느 날 선생님 댁에 방문했더니 제주도 '김영갑 갤러리'에서 당신의 시낭송회를 하게 되었다며 어린아이처럼 좋아하셨다. 그 행사에서 사용될 현수막에 프린트된 당신 사진을 펼쳐 보이며 제주도로 갈 날만 기다리셨다. 제주도에 다녀오신 후에는 흥분된 목소리로 무용담처럼 그날의 일을 들려주셨다. 지역의 문학 행사에도 몇 번 모시고 나간 적이 있는데 대중 앞에서 시 낭송하시는 것을 좋아하셨고 선생님의 힘찬 낭송을 들으면 다들 열정적인 박수를 아끼지 않았다.

선생님 댁에 몇 번 방문하면서 가장 인상적이었던 것은 소파 위에 올려진 손때 묻은 귀여운 동물 인형들이었다. 혼자 지내다 보면 적적한데 조카 집에서 얻어온 그 인형이 외로움을 조금 덜어준다고 말씀하셨다. 여운형의 묘소가 보이는 안방 책상에 앉아 창작활동에 집중하셨다. 초기부터 함께 해오셨다고 자랑스레 말씀하시던 공간 시 낭독회 이야기와 절친 성찬경 시인의 갑작스러운 별세 소식에 충격이 컸다며 쓸쓸해 하셨다. 남에게 신세 지는 것을 싫어했던 선생님은 가끔 소소한 간식거리를 사 가면 꼭 가격을 물어보셨다. 그 정도 벌이는 하고 있다고 말씀드리면 서가로 가서 당신 책을 꺼내 손에 쥐여 주셨다. 작은 나의 손길을 더 크고 귀한 것으로 채워주시는 다정함이 늘 감사했다. 그렇게 인연을 이어나가는 중에 마음 분주한 사정이 생겨 한두 달가량 선생님 댁 방문을 하지 못하고 있었다.

2015년 4월 1일 이른 새벽에 지인을 통해 거짓말 같은 선생님의 별세 소식을 듣고 한동안 마음이 둥둥거렸다. 사무실에 출근해서도 일이 손에 잡히지 않아 몇 번이나 옥상에 올라가 멍하니 구름이 흘러가는 하늘만 바라보았다. 퇴근 후 홀로 전철을 타고 선생님의 장례식이 진행될 S 병원으로 가는 내내 마음이 무거웠다. 병원에 도착해보니 경황이 없어서인지 영전도 미처 준비가 되지 않은 상태로 어수선해 보였다. 급하게 준비된 영정 사진을 물끄러미 바라보다 마지막으로 가시는 길에 예를 표하고 곧바로 뒤돌아 나왔다.

지금도 우이동으로 찾아뵈면 거실 테이블을 사이에 두고 앉아 조금 높은 톤으로 인도, 타고르, 소나무, 하이쿠, 공간시 낭독회에 이야기를 들려주실 것만 같다. 선생님이 떠나시고도 우이동 쪽으로 넘어갈 일이 가끔 생겨 댁 근처를 지나치며 슬쩍 사시던 빌라를 향해 고개를 돌리게 되는데 여전히 아릿하다.

 사실 선생님과의 인연이 된 것이 근 10여 년 정도여서 그리 긴 시간이 아니고 평소 속마음을 드러내지도 않았기에 그분에 대해 많은 것을 알지 못한다. 다만 인연이 되고 한 달에 한 번씩 찾아가 인사드리고 선생님이 들려주시는 일상의 이야기를 듣거나, 햇빛 좋은 날에 솔밭 길을 몇 번 산책한 것이 전부다. 인연 맺는 동안 단 한 번도 어린 나에게 말을 편하게 놓지도 않았고 항상 적당한 거리를 두고 대하셨다. 평생 독신으로 고독하게 살면서 쉬지 않고 창작하는 것에 대한 자부심이 대단하셨고 나에게도 늘 부지런히 글을 쓰라고 독려해주셨다.

 큰 시인이셨던 박희진 선생님과 소소하게 나누었던 일상의 말들이 그분이 가시고 나서야 진지함으로 덜컥 찾아들 때가 있다. 사실 지금도 선생님이 아주 먼 곳으로 떠났다는 생각은 별로 들지 않는다. 다시는 만나 뵐 수 없다는 사실이 안타깝지만 강직하셨던 선생님이 북한산 산자락 어디쯤에 터를 잡으시고 사시사철 솔향기를 풍기는 소나무로 머물고 계신다고 믿기에 일부러 지난 시간들을 추억하지는 않는다.

신현득 아동문학가

　　인터넷 검색창에 '신현득'이란 이름 석 자를 검색하면 아동 문학가, 1933년 경북 의성 출생, 수많은 문학상을 동시로 일궈내셨다고 설명되어있다. 팔순을 훌쩍 넘기시고도 여전히 세상과 사물을 어린아이의 시선과 마음으로 바라보시는 선생님을 생각하면 마치 작은 오뚝이가 생각난다. 이런 멋진 시인과 동시대를 살면서 같은 지역, 같은 문학모임에서 교류하며 살 수 있으니 큰 행운이 아닐 수 없다. 더구나 팔순을 훌쩍 넘긴 선생님과 나는 이메일로 소통하는 좋은 친구다. 어쩌다 모임에서 술 한 잔을 걸치시거나 그 분위기에 취하시면 소리 높여 동요를 부르신다. 양복에 나비넥타이, 등 뒤에 걸친 큰 배낭은 선생님의 트레이드마크이다.

수많은 동시로 아이들뿐만 아니라 어른들의 마음마저 동심으로 사로잡고 계시는 선생님이 몇 년 전 '항일 시'를 쓰시는 중이라며 이것도 시가 되는지 보아달라며 매일 한두 편씩 내게 메일로 보내셨다. 시를 보내시면서 마치 어린아이처럼 긴장하면서 내 소감을 기다린다고 하셨다. 애송이인 나에게 시를 보내시는 것은 아마도 '항일 시'를 대하는 젊은 사람들의 생각이 궁금하셨던 것 같다. 황송하게도 선생님의 첫 번째 독자가 되는 기쁨을 홀로 누리다가 급기야는 그 시가 주는 감상을 메일로 보내드리기 시작했다. 한동안 선생님의 항일 시를 받아 읽으며 그 시대를 경험하지 못한 내가 책으로만 만났던 일제의 만행과 그 어두운 시대를 살다간 우리 민족의 아픔까지 간접 경험하는 듯 생생했다. 얼마 후『속 좁은 놈 버릇 때리기』라는 이름으로 발간된 시집을 만날 수 있었다. 그 책을 마주하던 순간의 떨림과 설렘을 아직도 기억한다.

　선생님과는 30년이 넘는 나이 차가 있지만 좋은 친구다. 완성되지 못한 마음으로 늘 애면글면하는 나의 글에도 일일이 답장을 보내주시며 부지런히 글을 쓰라는 격려는 큰 힘이 되고 든든하다. 우연히 거리에서 마주치게 되면 언제나 큰 품으로 안아주시고, 가끔은 내가 일하는 직장에 일부러 찾아오셔서 작은 일도 크게 칭찬해주시는 선생님을 존경한다. 연

로한 연세임에도 옹달샘 같은 작은 체구에서 수많은 시와 시
어들을 끌어올리는 선생님을 오랫동안 만날 수 있기를 기도
한다.

오뚝이

윤채원

동그란 안경에 나비넥타이를 인형처럼 매시고
동심의 어르신이 콧노래를 부르며 걷는다.
어린이를 향한 사랑이 가득 담긴 배낭을 짊어지고
룰루랄라 잰걸음으로 걸어가는 뒷모습이
큰 산처럼 든든하다.
작달막한 키로 마르지 않는 샘물에서
동심의 시어들을 건져내어
온 세상을 온통 푸르게 물들이는
작지만 아주 깊은 시인 신현득.

이생진 시인

섬을 사랑해서 바람처럼 구름처럼 바다로 떠나기를 주저하지 않았던 시인 이생진.

팔순을 넘기셨지만, 여전히 미소년의 수줍은 미소를 갖고 계시는 이생진 시인은 나의 근무처와 담 하나를 사이에 두고 가까운 거리에서 북한산을 바라보고 살고 계신다. 가까운 곳에 사시기에 일부러 약속하지 않아도 집 근처 오래된 은행나무 아래서나 연산군 묘가 바로 보이는 평온한 원당 샘 근처나 발바닥 공원에서 스치듯 만날 수 있으니 참 좋다.

처음 선생님과 인연이 된 것은 12~13여 년 전 지역의 문인협회에서였다. 이미 섬 시인으로 많은 이들에게 회자되고 있는 유명한 시인이었지만 정작 지역에서는 그분의 존재에 대해 알지 못하는 듯했다. 나 역시 시로 먼저 선생님을 만났다. 늘 얼굴에서 미소를 놓치지 않으시고 목소리도 발걸음도 가만가만 움직이는 조용한 분이시다.

아침저녁으로 산책하시면서 마주치는 모든 것에서 시를 발견하시는 시심이 가득하신 분이다. 이생진 시인의 시집을 통해 화가 고흐에 대해 호기심을 더 갖게 되었고 우리나라의 여러 섬을 시로 여행할 수 있었다.

종종 소리 없이 내가 근무하는 곳으로 찾아오셔서 1, 2층 전시실을 둘러보시고 2층의 작은 책상에 앉아 독서에 심취해 계신다. 조심스레 다가가 인사드리면 부지런히 글을 쓰라고, 무조건 써보라는 격려를 아끼지 않으신다.

그 연세에도 젊은이들과는 컴퓨터에 블로그 집을 지어 서정성 짙은 시들을 내려놓으며 소통하신다. 시를 짓는 데 필요한 영감을 위해 산책 도중 휴대폰으로 부지런히 사진도 찍어 모으시는 멋쟁이 시인이다. 가을 풍경이 고스란히 담긴 낙엽을 가져와 시를 주워왔다며 가만히 내 손에 낙엽을 올려주시는 이생진 시인의 목소리에서는 시향이 묻어난다. 평소에는 조곤조곤 낮은 목소리로 말씀하시는데 시를 낭송하거나 시에 관한 이야기를 하실 때는 카랑카랑한 목소리로 애정을 담아 말씀하신다. 지금도 매일 한 편의 시를 쓰시고 섬을

찾아 바다로 나가는 시간을 제일 행복해하시는 섬의 시인이
가까운 거리에 계셔서 더없이 든든하고 행복하다.

김예나 소설가

훗날 내가 그 나이가 되면 그렇게 곱게 물들어 가고 싶었다. 늘 순수한 미소를 가득 품고 계시는 선생님을 뵈면 저절로 마음이 편안해졌다.

1942년생, 이화여대 도서관학과 졸업. 다수의 소설집과 산문집을 출간하시고 문단의 주역으로 활동하셨다. 건강이 안 좋아지셔서 많은 활동을 하지 않지만, 당신이 살고 계시는 지역에서는 여전히 큰 역할을 담당하시고 계신다. 처음 선생님의 작품집을 만난 것은 소설『흰 소가 강을 건널 때』이다. 그 후로 산문집『내 생애 첫 휴가』, 소설『유실물 센터』등 여러 작품을 만나면서 선생님을 점차 알아 갈 수 있어 더 정겹게 느껴졌다. 항상 맑은 미소와 고운 목소리, 마치 아기 같은 순

수한 모습에서는 힘든 시간을 살아오신 흔적 따위는 찾아볼
수 없었다. 이따금 소식을 전하는 안부 메일에 다정한 답장
을 보내주시는데 위로의 문장을 발견하면 버거운 하루를 견
뎌 낼 충분한 힘이 되었다.

어느 날 지역의 문인들과 함께 선생님을 모시고 식사를 할
일이 있었는데 마주하는 사람을 칭찬하며 기분 좋게 만들어
서 자리에는 늘 웃음꽃이 피어났다. 파킨슨 시 병으로 행동
이나 말씀하시는데 조금 불편함은 있지만 지금도 유쾌한 농
담으로 분위기를 밝게 만드는 것은 누구도 따라올 자가 없
다.

칠순을 훌쩍 넘기셨는데도 여전히 소녀다운 외모와 서정
이 담긴 글을 마주하면서 늘 고운 꽃길만 걸어오신 줄 알았
다. 그런데 명문여대를 졸업한 여성이 며느리로서 겪은 시련
과 소설가로서 우뚝 서기까지의 과정을 들려주시는데 눈물
없이는 들을 수 없을 정도로 지난했다. 힘든 시기를 낙심으
로 그치지 않고 그것을 발판삼아 성장하기 위해 더 부지런히
글을 쓰며 자신의 영역을 확장해나갔다는 이야기는 자리에
있던 사람들을 숙연하게 만들었다.

처음 김예나 소설가를 만났을 때는 생기를 잃지 않고 건강
하신 모습이었다. 연세를 가늠하기 어려울 정도로 단정하고

고운 모습도 좋았지만 위트를 겸한 명쾌한 언변이 있어 시원했다. 지역의 작은 문단을 단단한 조직으로 만들기 위해 누구보다도 앞장서기를 주저하지 않았고 문인협회 일을 하면서 크고 작은 일을 상의하면 다정한 멘토가 되어주셨다. 며칠 후면 병원에 입원하셔서 앓고 있는 병의 증세를 호전시키는 수술을 하신다며 행복해하신다. 수채화 같은 그 고운 얼굴을 오래도록 곁에서 뵐 수 있기를 기대한다.

북극성 같은 사람

소리 없이 열리는 새벽하늘을 올려다보니 먹장구름으로 뒤덮여 있고 습한 기운이 가득하다. 장마철이라 여전히 공기는 끈적거리고 밤하늘에서 반짝이는 별을 본 지도 오래다.

밤하늘 작은곰자리에서 가장 빛나는, 작은 국자 모양의 손잡이 끝에 위치한 별이 바로 북극성이다. 나침반이 없던 시절 사람들은 밤하늘의 별을 의지해 나아갈 길을 찾았고, 항해하는 선원들이나 낯선 곳을 여행하는 자들에게 북극성은 친절한 이정표가 되어주었다.

얼마 전에 사회적 가족의 실현이라는 꿈을 통해 더불어 사는 세상을 만들려고 애쓰다가 길잡이별이 되어 구름 속으로 떠나버린 사람의 추모공원에 다녀왔다. 간단한 추도 예배 후

생전 그분과 선한 관계를 맺었던 사람들이 모여 먼저 떠난 이의 신념과 가치에 관해 이야기를 나누고 과업을 위해 열심히 달려가기를 결단하는 시간이었다. 함께 활동하던 영상들을 보면서 가치 있는 일임을 공감하며 같이 일하다가 그의 부재를 핑계로 머뭇거렸던 순간들이 미안해졌다. 그가 꿈꾸던 세상은 아직도 멀었는데 함께 할 그 사람이 없다는 사실이 안타깝고 아프게 다가왔다. 생각해보면 그는 가치 있는 삶의 지표가 되어 주는 이정표 같은 사람이었다. 비록 그의 육체는 사라졌지만, 함께 나누려던 정신, 공동의 가치가 남아 있다는 사실이 다행이라는 생각이 들었다.

사람과 사람 사이에도 북극성 같은 존재가 필요한 순간이 있다. 우리가 살면서 멘토라는 부르는 충실한 조언자나 신뢰할 수 있는 북극성처럼 빛나는 별 하나를 가슴에 품고 있다면 그는 이미 행복한 사람이다.

세상의 모든 것에는 질서가 있어야 한다. 삶의 고비마다 우리를 비춰주던 북극성의 빛을 받아 여기까지 올 수 있었던 것이 새삼 감사하다. 그 감사함을 기억하고 우리 역시 힘겨움을 감내하며 묵묵히 걸어가야 한다. 자신이 머무는 자리에서 이미 떠나버린 그 사람처럼 우리도 누군가의 북극성이 되어 삶의 이정표가 되어 주어야 한다.